凌翔　主编

当代作家精品·寓言卷

老鼠告状

卢群　著

北京出版集团
北 京 出 版 社

图书在版编目（CIP）数据

老鼠告状 / 卢群著. — 北京 ：北京出版社，2022. 9
（当代作家精品 / 凌翔主编. 寓言卷）
ISBN 978-7-200-17400-7

Ⅰ. ①老… Ⅱ. ①卢… Ⅲ. ①寓言—作品集—中国—当代 Ⅳ. ① I277.4

中国版本图书馆 CIP 数据核字（2022）第 159657 号

当代作家精品 · 寓言卷
老鼠告状
LAOSHU GAOZHUANG
卢群 著

出　　版　北京出版集团
　　　　　北京出版社
地　　址　北京北三环中路 6 号
邮　　编　100120
网　　址　www.bph.com.cn
发　　行　北京出版集团
印　　刷　三河市中晟雅豪印务有限公司
经　　销　新华书店
开　　本　710 毫米 ×1000 毫米　1/16
印　　张　18.5
字　　数　238 千字
版　　次　2022 年 9 月第 1 版
印　　次　2022 年 9 月第 1 次印刷
书　　号　ISBN 978-7-200-17400-7
定　　价　88.00 元

如有印装质量问题，由本社负责调换
质量监督电话　010-58572393

奉献时代的寓言

——卢群寓言、童话集《老鼠告状》序

朱寿桐

某市发生疫情，一个幼儿园不幸陷入防控区域，需要整体隔离。电视报道，一群可爱的孩子，提着简单的衣物和水壶等杂物，在幼儿园阿姨的安排下步履缓慢地排着队，登车去往隔离点，说是为了躲避病毒怪兽。那种情形，的确让人们看着心疼。

但心疼孩子的人们不一定知道，孩子们为什么将病毒称为怪兽。原来这些孩子都在看幼儿电视剧“奥特曼”系列，这个系列电视剧中的超级英雄奥特曼总是遇到各种各样的怪兽，这些怪兽一个个凶猛无比，破坏力极强，最后都被突然拥有了神力和必杀技的奥特曼打败或者制伏。

现在的幼儿可爱看这个电视片了。我可爱的孙子为了每天可以看两集《奥特曼》，会对他母亲做出不少承诺，而我一到他面前，必然扮演哥莫拉之类的怪兽，然后怪模怪样地等待着在他这个奥特曼的命令下爆成“碎片”。

这一代孩子迷上的《奥特曼》，和当年我儿子那一代迷上的《聪明的一休》，都是日本产品。中国对儿童教育一向很重视，也很讲究思想观念培养，但不知道为什么在幼儿早期教育这一关键节点偏偏以引进的外国电视节目作为主打教材。如果说《聪明的一休》还包含着相当多的中国文化和东方智慧，如中国经典的《灰阑记》故事，那么《奥特曼》无论是故事情节、人物造型还是思想寓意，都与优秀的东方文化并不搭调，

而且，让怪兽们先对人世间进行相当惨烈的破坏，然后再“归顺”良知，与其说是《西游记》妖精们的心路历程，倒不如说是具有某种历史隐喻的文化“脱罪”意识的体现。我不知道这种怪兽式的“脱罪”意识是否属于怀有某种民族心机的历史阐释，但我知道这样教育天真未凿的孩子很不合适：不管犯了多大的罪过，终有迷途知返的机会与出路。

为什么在这么重要的前启蒙教育阶段不能用中国人创作的电视片占领孩子们晚间最宝贵的时间？综合各方面的讨论，回答是我们做过努力，以中国的神话、寓言、成语故事、民间传奇为基本素材，但效果不彰，主要是缺乏时代感。如果这样的分析符合事实，则我愿意为孙子宝贝这一代呼吁：多创作一些体现正确的价值观并富有时代感的寓言故事，让这方面的中国创造和中国制作跟上去，将幼儿和少儿的启蒙教育主动权掌握在自己手中。为此，国内电视业界应该多多关注朱丛迁创作的，一直受到莫言、贾平凹、刘醒龙、曹文轩、汤素兰、方卫平等杰出作家、评论家推荐的“恐龙人”系列作品——现在我又加上这样的呼吁，请多多关注和鼓励卢群、韦伟等作家的寓言故事创作。

卢群、韦伟都是我在大丰县（今大丰市）新团中学的同学，韦伟与我同届，卢群高我们一级。我们那个中学的高中部在20世纪70年代初属于新开办的，校址在真正的乡村，那时属于新团六队，离公社所在的镇政府，甚至离大队部都有2～3公里的距离。这样的学校自然没什么根基，也没什么传统，因而到了20世纪80年代中后期就被撤销了。但从那个偏僻的乡村中学，还是走出了一批堪称杰出的人才，如全国顶尖的肺科专家、上海胸科医院肺科主任周彩存教授，在声名显赫的《环球时报》默默耕耘的文史专家蒋安全博士，在全国新闻界享有盛名的资深新闻人卢定洛先生，著名工笔花鸟画家朱原女士，以及一些在政界、军界、商界做得风生水起的优秀人士。而从事文学创作且卓有成就的当推韦伟和卢群了。韦伟创作过多部戏剧，出版过小说与寓言，我有幸为他去年新出的《韦伟寓言选》写序。卢群则较专心于小说创作，2013年入选江苏省微型小说创作30强，近两年在寓言、童话创作方面建树颇多。

借此为卢群寓言、童话集作序的机会，为我们已经消失多年的母校寄上几句哀辞和颂词。她对于我们来说，就像是消失在乡间小路上的慈爱的母亲，关于她的记忆中总是有淘米洗菜的小渠沟，半拉架设在河边的小水桥，缠着杂草的操场，操场边的杨树林，还有槐树吐露白花的芬芳。那时候的晚上总是点着油灯，昏黄如豆的油灯下寄宿生在艰涩地背着英语单词。尽管是在实实在在的乡下，但我们的老师却一点儿也不“乡气”，他们大多数来自苏州、上海、南京等大城市，即便有本乡的老师也都是毕业于城里学校的佼佼者。我们的同学中，也多有来自大城市的下放户子女，他们良好的教育背景，丰富的学识和见识，哪怕是比较洋气的穿着，都给我们的乡村学校带来了花团锦簇般的时尚之美。这些记忆对于卢群、韦伟和我来说都已经定格在半个世纪之前。正像我在差不多十年前回母校活动时对于我的同学所讲的那样：40年前，我们大部分人回到家里都能看到自己的爷爷奶奶，而现在，我们大部分人都成了别人的爷爷奶奶。

这里的“别人”当然不是别人，是我们这一代每个人都非常疼爱的孙子、孙女。我们伴着人生的风雨走过来了，应该为我们的孙辈做些事情。在这方面，卢群做得很好，她用自己的笔为孙辈的孩子写书，写寓言，写童话，以自己的慈爱与善良，以自己的睿智与勤奋，制作适合孙辈口味的文化美餐与精神美餐。

卢群的这部《老鼠告状》，计11万字，是这些年她的寓言、童话创作的结集。其中有动物奇观，植物趣谈，奇闻逸事，漫画解读，成语新说，童话故事等专辑，洋洋洒洒，琳琅满目，内容厚实，理念正确，幼童视角，师者语气，巧妙构思，涉笔成趣。这其中的不少作品已经被选入小学教材或者小学教学参考阅读资料，如《小花猪学艺》《茶杯、茶壶和茶盘》《不自量力》《物尽其用》等等，都是得到教材部门认定的重要作品。

毫无疑问，越是服务于低幼儿童的读本或艺术作品，越要生动有趣，同时要寓教于乐。寓言、童话应该通过适合儿童欣赏的有趣的故事和形象、场景对孩子们进行正确的人生观、道德观的潜移默化的教育，于是，卢群的几乎每一篇寓言、童话都有“卒章显志”的环节，将这篇故事的教育理念用尽可能简单的语言点示出来。这样可以让孩子们在阅读、欣赏奇趣故事的同时，知道寓言的意义，了解寓言、神话的真正妙处并不在于那些动物是否真的会说人话，那些植物是否真的像动物一样可以随意行动，而是在于打比方，明事理。卢群按照寓言、童话创作的一般规律进行这样的程式化操作，实际上可说明作者真正了解了寓言、童话的创作本旨。

卢群的这部寓言为主的作品集包含了部分童话作品。寓言和童话一般都要求以儿童视角认知和分析世界，但寓言又常常有成年人的角色介入，而童话可以避免成年人角色的介入，于是，寓言的叙事和讲道理常常用师者语气甚至是伊索寓言式的智者语气，而童话则可以始终保持儿童语气。这是创作实践和创作经验层面的问题，也是学术和理论的问题。在这个意义上，读者应该能理解，卢群这部书的大部分作品在叙事和教育方面使用的师者语气，成人语气，这是寓言作品的特征。

特别要强调的是，卢群的作品大多带有明显的时代感，特别是当代人生观，这是今天的小读者喜爱并选择这部书的一个重要理由。《猪八戒照镜子》是这方面的代表作。猪八戒在镜子中照到自己丑陋狰狞的真面目，怒不可遏，竟砸碎镜子发泄，逼得镜子装上美颜功能，从此让猪八戒在“天下第一美男”的幻觉中喜不自胜，忘乎所以。这种紧扣时代生活节奏的构想令人喷饭，它当然会激发小读者的阅读、观赏兴趣，并能够在现实生活化理解的层面认识文学经典和神话传说中的人物及其性格。

总而言之，中国儿童文学创作特别是适合低幼儿童的寓言、童话创作存量不大，优品、良品相对缺乏，远远不能满足幼、少儿阅读和欣赏的需要。从这一意义上说，卢群无论在数量上还是质量上都做出了值得称道的贡献。我盼望她的作品能够早日出版，届时会毫不犹豫地推荐给我可爱的孙子彼得，他虽然还是个学龄前儿童，但已经认识不少常用汉字，已基本上能够读懂这本书了。当然，我还盼望我们的电视媒体和网络媒体多多开发作家们已经准备好的这些寓言和童话资源，在我们的银屏上能够多一些虎妈妈、兔宝宝、熊小弟、孔雀姐姐的温馨故事，少一些怪兽的摧毁性破坏以及暴力争斗。

作者简介：朱寿桐，文学博士，中国作家协会会员，澳门作家协会监事长，澳门文艺评论家协会主席，海外暨港澳台中国书法家协会常务副主席。现任澳门大学中文系教授、系主任，兼任澳门大学中国历史文化中心主任，澳门大学南国人文研究中心主任。著有散文集《从俗如流》、诗集和书法集《为了春天的纪念》等。

目　录

第一辑　动物奇观

爱美的小青虾　002
害人先害己　004
兔妈妈的锦囊妙计　006
都是家教惹的祸　009
小花猪学艺　011
贪图享乐　013
小花兔算账　014
报应　016
画眉和百灵鸟　017
爱说怪话的小猩猩　018
想吃驴的小老虎　020
熊小妹的妙计　022
熊妈妈的烦恼　024
无意之错　025
小猫卖菜　027
大象和小蚂蚁　029
生存法则　030
谁最聪明　032
小鸡爱学习　034

挑刺 035
牛年形象大使 036
老虎断案 038
喜鹊和乌鸦 040
一山能容多“虎” 042
蜗牛和鼻涕虫 044
虎大王比武 045
一句话寓言 048
会说话的小猴子 049

第二辑　植物趣谈

成名后的喇叭花 052
树和花 054
骄傲的盆景 057
自以为是的小卷柏 059
爬山虎和牵牛花 062
一意孤行 064
树、灯和小草 066
墙上芦苇 068
马铃薯和西红柿 070
苍耳和蒲公英 072
叶子的选择 074
境界 076
尖毛草 078
不听劝告的小秧苗 080

向下长的无花果 082
木杆、竹竿和秸秆 084
每一棵小草都开花 086
怕吃苦的榆小弟 088
骄傲的牡丹花 091
橡子的悲哀 093

第三辑　奇闻逸事

茶杯、茶壶和茶盘 096
不自量力 098
物尽其用 100
搓衣板和洗衣机 102
手电筒和黑精灵 104
救命的提示牌 105
拖把和吸尘器 107
稻草人 108
木匠和板凳 110
朋友 111
这个算不算？ 113
王大和李二 114
四个和尚没水吃 116
怪病 117
适得其反 118
感恩 120
二王开店 121

趣味汉字 123
有病 124
应聘 126
对门 128
精短寓言集锦 130
猪八戒照镜子 131
骄傲的汉字 134
一根手指 136

第四辑 漫画解读

比儿子好多了 140
如此推销 142
都成了低头族 144
你也过生日？ 146
人面不知何处去 148
一元硬币 150
今天您过生日 152
洗脚 155
承诺 157
短命的婚姻 159
传声筒 161
感悟 163
墨宝 165
妈妈不好当 167
闹心 169

老同学 171
人人有责 173
不努力读书只能扫大街 175

第五辑 成语新说

邯郸学步新编 178
吹毛求疵 180
异想天开 182
不进则退 184
螳臂当车 186
等待一场大雪 187
与虎谋皮 189
画蛇添足后传 191
狐朋狗友 192
刻舟求剑 194
龟兔赛跑新编 196
守株待兔 198
东施效颦 200
叶公好龙 202
孔融让梨后传 204
夜郎自大 206
以貌取人 208
随机应变 209
买椟还珠 211
螳螂捕蝉 213

塞翁失马 215

第六辑　童话故事

熊大熊二 218
路是谁修的 222
月亮哪儿去了 227
聪明的乌鸦 229
寒号鸟 231
乌鸦喝水新说 234
防范艺术交流会 235
小兔兔生病了 237
不能胡来 239
猴子理财 242
老鼠和老虎 244
迎牛年茶话会 246
金点子征集活动 249
虫草妈妈和虫草娃 252
老鼠嫁女 255
老鼠告状 257
动物界的一次民主活动 259
猴大猴二 261
猫咪的好奇心 263
帮倒忙 264
猩爸教子 266
末位淘汰 268

小点点找朋友 269
狗嘴里吐不出象牙 272
写作培训 275

后　记 277

第一辑　动物奇观

动物也有情感，有追求，有改变命运的决心和勇气。从它们的身上，我们可以得到许多教益。

爱臭美的小青虾，在实现愿望之时，也将自己推进万劫不复的境地；干尽坏事的老水蛭，临死前才想起一句话：害人必将害己；足智多谋的兔妈妈，为了一家子的安全，居安思危，安全意识常备不懈；爱说怪话的小猩猩，什么事到了它嘴里就变了味，结果等到它向别人求援时，得到的却是讽刺；熊小妹的妙计告诉我们：有些事情，如果一味地硬碰硬，不仅不能解决问题，反而更加糟糕，这时不妨调整思路，采取一种缓和的办法，也许就能取得意想不到的效果；虎大王想通过比武显示自己的神威，不料竟一败涂地……

打开动物王国的大门，你会领略到不一般的风景，看到不一般的故事。

爱美的小青虾

小青虾爱臭美，从小就喜欢打扮，还喜欢用妈妈的梳头油擦拭身子。有了梳头油的养护，小青虾的皮肤细腻光滑、又嫩又亮，走到哪儿都是一片赞扬。

得到夸奖，小青虾更爱美了，除了吃饭睡觉，其余时间几乎都用在化妆上。妈妈批评几句，他反说妈妈老土、保守、不开窍。

一天，小青虾正对着水波自我陶醉，一道霞光从眼前飞过。小青虾抬头一看，原来也是一只虾，披着火红的铠甲，舞动着偌大的钳子，鼓着圆滚滚的大眼睛，哇，好威武，好漂亮耶！小青虾一下子爱上了他。

“大哥哥，大哥哥，你叫什么名字？”小青虾追上去问。

“小弟弟，我叫龙虾。”

“大哥哥，你这身衣服好好看哎。”

“你的衣服也不错啊。”

“可是，我还是喜欢红色的，大哥哥，请你告诉我，怎样才能拥有你这样的衣服？”

“我这衣服，一生下来就有了。”

同样是虾，为什么有的那么好看，有的那么难看呢？小青虾第一次对自己不满意起来。为了能穿上龙虾那样的衣裳，小青虾尝试着用胭脂敷，用口红抹，用颜料涂，可是还没等化完妆，先前涂抹上去的红色就已纷纷脱落。

小青虾又气又急，噘起的嘴巴能挂油瓶。妈妈劝道：“孩子，别想那些不切合实际的事了，红有红的灿烂，青有青的璀璨。身体发肤，受之父母，要好好爱护才对。”

“不听，不听！”小青虾捂着耳朵大喊大叫。

“小青虾，我倒有个办法，可以让你一劳永逸，永远美丽。”一只窥视已久的老水蛭，凑上前来悄悄地说。

“什么办法？水蛭爷爷，你快说，快说！”

“洗热水澡啊，保管你立马变红色。”

“热水澡？到哪儿才能洗到热水澡呢？”

“去找人类啊，只要到了人类那儿，一准就能洗上。”

“可是，可是怎么才能到人类那儿呢？”

“这还不容易，咱们这条河，哪天没有人捕捞？没有人垂钓？你只要去钻他们的渔网，咬他们的饵料不就得了。”

“唰”，正说着话，一张大网从天而降。

“不好！”老水蛭身子一沉急忙躲开，小青虾却一头钻了进去。

如老水蛭所说的那样，小青虾很快被人洗刷干净放进锅里。随着水温的升高，小青虾觉得像有一万只蚂蚁在撕咬。可是看到自己渐渐变红的身子，小青虾不仅没有哭，反而笑了。

终于，小青虾脱胎换骨，变成了一只漂亮的小红虾，并与同伴们一起，被装进一只精美的盘子，摆放到一张精致的桌子上。只是这个时候的他，早已没了生命，成为人们的美食。

小青虾不知道，有些事是可遇而不可求的，只有正视现实，做好自己，才最重要。

发表于2018年10月《东方少年　快乐文学》

害人先害己

老水蛭干尽了坏事。这次，他又把目标对准了一只正在独自玩耍的小白虾。

“小白虾，你好啊！”

大老远，老水蛭就打起了招呼。

“你好，水蛭爷爷。”

“小白虾，你的皮肤好漂亮耶，又白、又嫩、又光滑。”

“嗯嗯，妈妈也这样夸奖我哩。”

“不过，你要是穿上红衣裳，会更加漂亮的。”

“可是妈妈说，正因为我们有一身洁白晶莹的好皮肤，人们才称我们小白虾的。”

“哎，老皇历啦，现在都什么年代了？哪个不追求快乐和时尚？爱美之心人皆有之，更何况你们小孩子。小白虾，听爷爷一句劝，趁年轻，好好打扮自己。”

“爷爷，怎么才能穿上红衣服呢？”

“这个好办啊，只要洗个热水澡，一切就 OK 了。”

“哪儿有热水澡洗呢？”

“到人类那儿呀，人类最喜欢洗热水澡了。”

“怎么才能到他们那儿呢？”

“这个就更简单了，我们这条河，不是每天都有人在捕鱼、在垂钓吗？你只要去钻他们的渔网，咬他们的饵料就行了。”

“叮咚”，说话间，一根银钩跌落水中，被贯穿在钓钩上的一条小蚯蚓，正在拼命挣扎着。

“哈，说曹操曹操到，小白虾，这就是饵料，你只要轻轻地咬住它，什么美丽啊、荣誉啊、幸福啊，就全都有了。”

“水蛭爷爷，小蚯蚓那么痛苦，一定很疼的。”

“嗨，装出来的，那个啥？对，‘苦肉计’，孙子兵法中的一个计谋，目的是迷惑咱们。小白虾，勇敢点，不经风雨，哪能见彩虹？”

“我还是害怕，水蛭爷爷，要不就算了吧。”

“别呀，一点都不疼的，要不爷爷先做个示范，你仔细看着，这样，这样……”老水蛭张开大嘴，一口咬了上去。

“哈，上钩了！”钓鱼人手臂猛地一提，老水蛭就被吊到了半空。

“混蛋，尽干坏事！”一看是水蛭，钓鱼人非常生气，一把扯下来，摔到地上用脚使劲一碾，老水蛭即刻脑浆四溅。

咽气前，老水蛭哀叹道：“哎，真是老糊涂了，害人者终将害己，我怎么就把这句古训给忘了呢？”

发表于2019年第2期《吴地文化闪小说》、2021年5月16日《新大中》

兔妈妈的锦囊妙计

在森林大家族里，兔子属于弱势群体，块头小，体力差，不会变身术，又没有防身的武器，常常受到其他动物的袭击。

为安全起见，兔妈妈想出了两个主意：一是多建几个藏身的窝点，每个窝点多弄几个出口，这样即使坏蛋找上门来也有个退路。二是窝边的草千万不能吃，一定要保留下来，这样既可以起到隐蔽作用，还可以防止天气不好找不到食物时饿肚子。

听了妈妈的话，兔宝宝立刻行动起来，不几天，就在老家四周又掏了几个窝，并且每个窝都有几个出口。肚子饿了，就跑到很远的地方去吃草，家周围的草，再茂盛再鲜嫩也不吃。有了这两招，兔子终于可以平平安安地过日子了。

狼和狐狸在一条小山道上狭路相逢。看到狼眼里露出的贪婪的光，狐狸忙说："狼大哥，我的肉又酸又涩，还有一股骚味，一点都不好吃。你如果放开我，我就带你去找兔子，兔子的肉又嫩又鲜，比我的肉好吃多了。"

一听说兔子，狼的口水立刻流了出来。狼已有一年多没尝到兔子的美味了。但是狼没有轻信狐狸的话，狐狸的狡猾，狼早有耳闻。狼说："你这个骗子，死到临头还在骗人，现在别说兔子，兔毛都被我吃光了，上哪儿找去？"

狐狸说："狼大哥，我真的没骗你，兔子不仅没有少，反而比以前更多了。难道您没听说过'狡兔三窟'和'兔子不吃窝边草'吗？为了保护自己，兔子变聪明了，当然，兔子再聪明也比不上狼大哥您啊！”

狼说：“既然这样，你现在就带我去找兔子，如果找不到兔子，我再吃你也不迟。”说罢抬起爪子，放了狐狸。

狐狸抖了抖身上的毛，继续讨好道：“狼大哥，离这儿不远就有个兔窝，小弟保管您一会儿就能吃到美味大餐。”

狐狸这次没有说谎，兔子的行踪，早被他识破了。因此没走几步，就指着一蓬鲜嫩的草说：“狼大哥，这儿就是兔窝的出口，我们只要守在这儿，就一定能抓住他们！”

狼虽然不太相信狐狸的话，但为了能吃到鲜美的兔肉，仍然采纳了狐狸的建议，在洞口蹲伏下来。

不一会儿，随着一阵窸窸窣窣的响声，茂密的草丛里果然露出了兔子的脑袋，狐狸刚准备提醒，狼已迫不及待地扑上去。可是狼没有抓到兔子，兔子在狼向自己扑来时，已经缩回洞里。

狐狸说：“狼大哥，您下手太早了，这样会打草惊蛇的。”

狼满不在乎地说：“早什么？只要找到他们的窝，还愁抓不到他们？”

狐狸知道，跟狼讲道理，等于对牛弹琴。而狼如果找不到兔子，肯定不会放过自己，不如三十六计走为上策，于是趁狼忙着挖掘洞穴时，悄悄地溜掉了。

狼和狐狸的罪恶行为，被兔子看得一清二楚，在狼扒拉泥土时，已从另一个洞口逃出，住进了另外的家。结果，狼费了九牛二虎之力，好不容易将洞穴全部扒开，然而洞里空空如也，一根兔毛都没有。当晚，兔宝宝们就在兔妈妈的带领下，将洞口四周的青草吃得一干二净。

第二天，狼又来了，见几个洞口光秃秃的，纳闷地说：“奇怪，不是说兔子不吃窝边草吗？难道他们搬家了？”

看到狼垂头丧气的背影，兔宝宝们欢呼起来。兔妈妈却说：“孩子们，这只是权宜之计，千万不可盲目乐观，今后我们还会遇到很多的困难和危险，只有时刻保持高度警惕，居安思危、常备不懈，知己知彼、多想对策，才能立于不败之地。”

发表于 2017 年 12 月 5 日《新江北报》

都是家教惹的祸

兔宝宝很聪明，三岁能背诵古诗，四岁能看图说话，五岁就有作品发表。

兔妈妈见兔宝宝很有文学天赋，就给他请来了大名鼎鼎的虎作家、狮教授和豹学者，想把兔宝宝打造成超级神童。

兔宝宝不负所望，仅用三个月时间，就写出一部以自己的理想为蓝本的长篇小说《飞翔的兔子》。

可是，当兔宝宝兴冲冲地将作品拿给虎作家看时，虎作家只瞄了一眼就大声叫道："不行不行，题目太普通，太缺少视觉冲击力。知道《三枪拍案惊奇》为何这么火吗？就是得益于老谋子的奇思妙想。你想想看，'拍案惊奇'已足够引人注目了，再加上'三枪'，还不把人的胃口吊到天上？！所以呢，好文章要有一个冲击眼球的好题目，题目取好了，文章就成功了一半。"

兔宝宝得到启发，立即将书名改为《兔姑娘的阴谋诡计》。谁知狮教授看了眉头直皱："庸俗，荒唐，文不对题。尤其是文章的表现手法，陈旧、呆板、没一点新意。现在都什么年代了，你还拘泥于顺叙、倒叙、插叙那些陈芝麻烂谷子的写法，我们、你们、他们那些土得掉渣的称呼。知道网上称'我'为何吗？'偶'！知道'马甲'为谁吗？'注册会员'！知道'菜鸟'为谁吗？'电脑水平低'！知道'OUT'的含义吗？'落伍老土'！哎哟哟——新玩意儿多了去了，好好学习吧，与时俱进才能不断出新！"

兔宝宝得到点拨，灵感一触即发，各种手法轮番上阵，新鲜词汇统统搬出。当一部顶级时尚的巨著呈献在大家面前时，豹学者却连连摇头："胡言乱语，毫无章法！尤其是内容和情节，清汤寡水，味同嚼蜡，没有一点情趣和刺激。你看看那些描写鬼怪、狐妖、仇杀、情杀的作者，人家是多么开放，多么大胆！似你这般保守愚钝，怎么能写出震撼兽心的东西。知道畅销书刊的诀窍吗？是因为新、奇、特，迎合了相当一部分动物的猎奇心理和玩世不恭！司空见惯的东西，正统说教的东西，电视里报刊上多的是，何必花钱当冤大头！小伙子，这里面的学问多着呢！"

听了豹学者的话，兔宝宝彻底没辙了，这又不对那又不行，究竟怎样写老师才满意呢？兔宝宝把自己关在房间里想了三天三夜，也没有想出个所以然。更为严重的是，从那以后，兔宝宝只要一拿起笔，手就抖，心就慌，脑子就像生了锈，一个字都写不出来。

见兔宝宝呆若木鸡的样子，兔妈妈这才意识到，乱请家教不仅不利于孩子成长，还会抹杀孩子的创造力和想象力，使孩子左右不是、无所适从。

发表于 2017 年 12 月 3 日《昆山日报》

小花猪学艺

小花猪满月时，妈妈请来乐队给他庆贺。

宴会上，山羊伯伯举起指挥棒一划拉，好听的乐曲便满屋流淌。小花猪好奇极了，一会儿盯着弹钢琴的小马阿姨，一会儿盯着拉提琴的大牛伯伯，一会儿看向弹吉他的狐狸哥哥，一会儿又把目光投向拉二胡的猩猩姐姐，小眼睛骨碌骨碌转个不停。

当晚，小花猪就跟妈妈说要学乐器。妈妈非常高兴，第二天就把他带到音乐学校。

长颈鹿校长指着一屋子的乐器，问小花猪想学什么。小花猪想到了小马阿姨，手指头往琴键上一敲，音乐便像山泉似的“叮叮咚咚”，立刻说：“我想学钢琴。”

长颈鹿校长说：“行，我让河马伯伯教你。”

不久，学校组织郊游，老师布置大家带上乐器，晚上宿营时开展联欢活动。小花猪见同学们兴致勃勃地背起乐器，心里暗想，钢琴那么重，即使学会了也不一定有机会演出，没意思，还不如学个别的东西。学什么好呢？小花猪眼珠子一转，对了，笛子！笛子的歌喉像百灵鸟，又清脆又好听。更重要的是笛子小巧玲珑，方便携带。这么一想，小花猪坐不住了，当即找到校长那里。

一天，小花猪正在练习吹笛子，金丝猴“扑哧”一声笑了。小花猪问他笑什么。金丝猴一只手按着肚皮，一只手指着小花猪的嘴巴：“你，你的嘴……”小花猪一下子反应过来，哎呀，自己的嘴巴本来就长，再把它噘起来吹笛子，晕，丑死了！闷闷不乐的小花猪，把自己蒙在被子里想了两天两夜才拿定主意。

见小花猪要学二胡，校长问道："小花猪，你笛子学得好好的，怎么又改变主意了？"小花猪撒了个谎："是妈妈让我学的。"在小花猪心里，二胡分量不重，又不需要噘嘴巴，早该学它了。校长见小花猪态度坚定，只好把他交给二胡演奏家——黑熊大婶。

小黄狗得知小花猪又改变了主意，故意挑逗道："哎哟哟，你怎么想起来学二胡？二胡多老土？年轻人有几个愿意学的？说句不好听的话，就是学好了也登不了大雅之堂，还不如学小提琴呢，拉小提琴多优雅。"

小花猪一听犯起了嘀咕，既然登不了大雅之堂，学二胡有什么用？小黄狗说得对，还是小提琴有派头。

时间在小花猪的反反复复中飞快溜走，眨眼间，一学期就快结束了。为了检验孩子们的学习情况，学校决定举办一场音乐会。

听说要上台演出，同学们高兴坏了，争先恐后抢着报名，只有小花猪坐着不动。老师只好跑到他跟前，问他表演什么节目。小花猪红着脸说："老师，我还没想好学什么呢。"老师一下子严肃起来："小花猪，你追求完美是对的，但不能因此而违背现实和科学。寸有所长，尺有所短，任何技能都有其不足的地方，如果因为这点不足而放弃，是学不到任何东西的。"

发表于 2017 年 9 月 26 日《盐城晚报》，入选统编中小学语文教材三年级下第一册《伴阅读》

贪图享乐

见蚕宝宝还在睡大觉，同伴们敲着窗户喊：“快起床吧，别忘了咱还有任务在身。”

蚕宝宝说：“我还没有休息好呢。为了编织这个窝，可把我累坏了。”

“哎哟哟，敢情就你辛苦，我们都闲着？”

“一寸光阴一寸金，所以才要格外珍惜。”

翌日，蚕宝宝还是闭门不出，同伴们怕他耽误正事，就又劝道：“蚕宝宝，再不出来就来不及了，难道你不想让自己的生命延续下去？”

“知道知道，这不还早着吗？等我把精神养足了再说。”

言罢，蚕宝宝眼睛一闭又沉沉地睡去。等到蚕宝宝睡足了觉准备起身时，却发现已失去破茧成蝶的能力。

过分追求享乐，会使你失去生活中许多其他的东西。

发表于 2019 年 8 月 11 日《巴中日报》

小花兔算账

见白兔和灰兔都上了光荣榜，小花兔又气又急。目标责任书上，自己明明写的是 30 亩，到了山大王手里，怎么就成了 3 亩？是谁动的手脚？对了，肯定是白兔和灰兔！昨天，就是他俩邀请我一同去交目标责任书的。去的路上，三人还互通了信息。听到我报出的数字，两人吓得目瞪口呆。唉，都怪我沉不住气！

小花兔一路想着，一路恨着，如若不是爸爸拦得快，差点跌进小河里。

“哟，小嘴能挂油瓶了，儿子，啥事不开心？”

“爸，你说白兔灰兔坏不坏，为了把我比下去，竟敢暗地里搞鬼，把我上报的面积改成了 3 亩。”

“哈，这你可冤枉他们了，数字不是他们改的，是我改的。”

“是你？为什么？爸爸，你知不知道？你这一改，不仅把咱家的荣誉改掉了，还让我在大家面前抬不起头来！”

“儿子，别着急，听爸爸给你说。”

“我不听，我不听！”小花兔捂起了耳朵。

“儿子，你不是计算能手吗？帮爸爸算笔账，算对了，爸爸奖励你。”

听说有奖励，小花兔的气才消了一点点。

“儿子，咱家去年种了几亩蔬菜？”

“1 亩。”

“咱们花了多少时间？”

“嗯，我来算算。”小花兔一边挠着脑袋，一边念念有词，“一天 8 小时，一年 365 天共计 2920 个小时，划去双休日和节假日，大约 2000 个小时。”

“儿子，种 1 亩地需要 2000 个小时，种 3 亩地需要多少小时？”

“6000 小时。”小花兔脱口而出。

“儿子，种 1 亩地时，咱们采取的是 8 小时工作制，节假日还能休息。如果种 3 亩地，咱们该如何分配时间？”

“种 3 亩地就必须增加 3 倍的工作量。”小花兔眼皮一翻又算了起来，“一天增加 8 小时，这样就能完成两亩地的工作量，余下的 1 亩用节假日来弥补。一年 104 个双休日，再加上 11 天节假日，115 乘以 16 等于 1840，哎呀，还差 160 个小时呢。”

“是啊，从数字上看是不够的，怎么办呢？只能通过提高效率来弥补了。咱只要肯吃苦，肯花气力，这个任务还是能够完成的。但如果提高到 30 亩，儿子，你再算算看，种 30 亩地需要多少小时？”

“嗯，1 亩地需要 2000 小时，30 亩地需要，需要……”小花兔说不下去了。

“我来帮你说吧。”爸爸指着小花兔算出的数字轻声念道，“60000 个小时！儿子，一年总共才 8760 个小时，咱就是 24 小时不睡觉，也完不成任务啊！”

“这，这……”小花兔低下了头。

“儿子，人之所以活得累，就是欲望太多。只有懂得量力而行的人，才能活得洒脱，才能实现自己的理想和追求，你说是不是这个理儿？”

“是，是……”

小花兔的脸，越发红了。

发表于 2020 年 6 月《东方少年快乐文学》

报应

3 月的一天，正漫步在“桃之夭夭”中的猴子，突然发现桃树上有害虫破坏的痕迹，忙请啄木鸟过来诊治。

啄木鸟见灾情严重，就率领治虫队成员争分夺秒、全力以赴，终于抢在挂果前消灭了害虫。

猴子见啄木鸟只用了一半的时间就大功告成，认为工作量评估高了，就以“治疗过度”为由，扣下了一半的工钱。

啄木鸟委屈地说：“好多害虫都钻在枝干里，不啄个洞洞怎么捉？”

猴子眼皮一翻：“那我不管，我只知道我的果树被你们啄得伤痕累累。”

啄木鸟见猴子蛮不讲理，气得脸色铁青。

第二年，猴子的果园又有了虫灾，猴子不好意思再找啄木鸟，就到外地聘请治虫专家。

外地专家吸取啄木鸟的教训，踩着时间点儿捉完最后一只害虫。谁知结算工钱时，仍然只拿到一半报酬。外地专家怒问为什么。猴子笑道：“治虫期间，你们吃的喝的全是我的，这难道不需要钱吗？扣一半工资已经很客气了。”

外地专家气得直跺脚：“你这么做，总有一天要遭报应的！”

第三年，猴子的果园虫灾更严重了，蚜虫、叶螨蜂拥而至，蜗牛和天牛也赶来添乱。猴子慌了，忙赔着笑脸四处求援，可大家没一个搭理他。眼看着果树一棵接一棵地死去，猴子欲哭无泪、后悔莫及。

发表于 2019 年 11 月 2 日《大丰日报》，获“诚信寓言征文”优秀奖

画眉和百灵鸟

天刚蒙蒙亮，鸟儿就醒来了，清脆悦耳的歌声，把静谧的森林喧嚣成欢乐的海洋。

孔雀见大家都爱唱歌，决定举办一次歌咏比赛。

接到通知，画眉鸟立刻来到百灵鸟家："妹妹，这次比赛，咱俩都有冲冠的可能，但最佳歌手只有一名，为避免尴尬，我看不如这样，我年纪比你大，今年我去参赛，明年我再全力支持你，行吗？"

百灵鸟毫不犹豫地说："姐姐，我听你的。"

比赛中，大家见百灵鸟没有报名，都感到奇怪，百灵鸟就以各种借口来搪塞。投票阶段，百灵鸟还在朋友圈里发帖子和红包，竭力帮画眉鸟拉票。

春去秋来，第二届歌咏比赛又开始了。这次，百灵鸟第一个报了名。画眉鸟因为是最佳歌手，当仁不让地坐上了评委席。大家都以为，百灵鸟实力超群，又有好朋友画眉鸟罩着，第二个桂冠肯定非她莫属。谁知名单一公布，大家愣住了，108 个候选人中，居然没有百灵鸟！

原来，得知百灵鸟报了名，画眉鸟犯起了嘀咕，百灵鸟歌喉委婉动听，演唱水平一点也不比自己差，如果她当选了，势必会影响自己歌坛霸主的地位，于是向孔雀打小报告，说百灵鸟品行不端，常常对着口型假唱，是十足的伪君子。

孔雀最痛恨弄虚作假了，听说百灵鸟也喜欢假唱，就毫不犹豫地把她的名字删除了。

发表于 2020 年 2 月《老山》、2021 年 6 月《杂文月刊》(上)

爱说怪话的小猩猩

小猩猩有个坏毛病，喜欢信口开河。

百灵鸟的歌喉清脆悦耳，小猩猩却说她是坐飞机吹喇叭——唱高调。

猎豹是陆地上跑得最快的动物，小猩猩却说他四肢发达，头脑简单。

老黄牛勤勤恳恳、任劳任怨，小猩猩却说他只知道埋头拉车，不知道抬头看路。

孔雀为活跃群众文化生活，常常表演孔雀开屏。小猩猩却说他哗众取宠，笼络人心。

妈妈见小猩猩胡说八道，就把他训斥了一顿，告诫他要学会尊重别人，善于发现和学习别人的长处，努力克服自己的不足，做一个心胸开阔大气包容的人。

小猩猩不敢跟妈妈顶嘴，可屁股一转还是老样子。

不久，小猩猩接到一个业务——帮大象电子公司设计一款智能锁。研制过程中，小猩猩碰到了难题，锁芯达不到主家要求的安全级别。妈妈提醒道："熊二不是开锁专家吗？或许能解决这个问题呢。"

小猩猩一听连连摇头。就在前天，小猩猩还指着熊二嘲笑道："你们知道他为什么叫'熊二'吗？因为他'二'，脑子不灵光，所以才叫'熊二'的。"现在如果去跟熊二讨教，且不说熊二愿不愿意，别人知道了会怎么说？小猩猩叹了口气，拆开锁芯重新研究起来。可是折腾来折腾去，就是找不到问题所在。妈妈忍不住了，冲着小猩猩叫道："让你去找熊二为什么不去？你知道违约的后果是什么吗？是赔偿，巨额赔偿！"

小猩猩害怕了，只得硬着头皮来找熊二。

听完小猩猩的请求，熊二笑嘻嘻地说：“你不是挺能的吗？找我这个‘脑子不灵光’的干什么？”

发表于 2021 年 3 月 20 日《大丰日报》、2021 年第 3 期《优秀童话世界》

想吃驴的小老虎

虎妈妈非常注重早期教育，儿子出生没几天，就迫不及待地告诉儿子老虎家族是如何强大，老虎先祖是如何威武，老虎基因是如何优良。在虎妈妈的教育下，小老虎很小就确立了奋斗目标，做梦都想着要像祖辈们那样天下无敌。

一天，小老虎在森林里玩耍，发现山坡上有一个庞然大物，正悠然自得地吃着青草。庞然大物的脸长长的，耳朵尖尖的，身上长着灰色的毛，四条腿虽然不够粗壮，但看出很有力量。咦，这不是驴子吗？哈哈，妈妈经常给我讲“黔之驴”的故事，如果我把这头驴吃了，岂不是也能像爷爷一样，被人们到处传扬？说干就干，小老虎立刻低下身子，借助灌木丛的掩护，悄悄地向目标靠近。

再说驴子，警惕性高着呢，嘴里吃着青草，耳朵却一直竖着，小老虎刚刚出动，就被他捕获到了。驴转过身子一看，一只乳臭未干的小老虎，正悄悄地逼近自己呢。驴勃然大怒：“该死的畜生，你爷爷平白无故地咬死了我的爷爷，我正想找你们报仇呢，你倒自己送上门来了，看我怎么收拾你！”言罢飞起一蹄，踢得小老虎“哇哇”大叫。

捂着血淋淋的脑袋，小老虎一路哀嚎着跑回家。

见儿子血流满面，虎妈忙问怎么了。小老虎哭哭啼啼地说：“都怪你！如果不是你整天呱呱呱地宣扬‘黔之驴’，我怎么会去偷袭驴子？呜呜，疼死我啦，疼死我啦……”

“儿子，你怎么能怪我呢？”得知事情原委，虎妈哭笑不得地说：“虎并不是一生下来就强大的啊，得有个学习和磨炼的过程。驴虽然不及我们威猛，却也是大型动物啊，况且驴子的脾气暴躁得很，动不动就乱踢乱叫的，你什么本领都没学，怎么能去招惹他呢？”

发表于2022年2月《杂文月刊》(上)

熊小妹的妙计

满目青山，满眼霞光。生机勃发的小山坡上，一群小鸟正在尽情地歌唱。

“吵什么吵？烦死了，滚！”

突然，一声大喝，吓得小鸟差点掉下树来。原来，小鸟的歌声把熊小弟的好梦打断了。熊小弟每天都要工作到深夜，凌晨三四点才能休息。可是小鸟哪里知道呢？见熊小弟凶神恶煞的样子，很不高兴，就气鼓鼓地说：“森林是大家的，凭什么不让唱？”

“我让你唱，我让你唱！”熊小弟见说话不起作用，就抓起一把石子。

“熊小弟打人了，熊小弟打人了！”小鸟们见状，“腾”的一下飞到空中。待熊小弟进了屋子，又落下枝头唱起来。刚躺到床上的熊小弟，见歌声越发响亮，抄起木棍奔出来，小鸟“呼”的一下又飞到空中。如此这般循环往复，直闹到太阳爬到树顶，才鸣金收兵。

此后几天，小鸟们都掐准时间点儿，过来又唱又跳，寂静的山林，频繁地上演着敌进我退、敌疲我扰的游戏。数日的对峙，使得熊小弟哈欠连天、精神萎靡。这时，熊小妹回来了，问明情况后笑道：“别着急，我有办法。”

翌日清晨，一场盛大的音乐会如期举行。

“来来来，请大家润润歌喉。”歌声一停，熊小妹端出一钵子草莓，“你们的歌声太美啦，简直超过森林公园的音乐会。如果你们天天来这儿唱歌，我就每天给你们一人一颗草莓。”

“真的吗？太好啦，太好啦！”小鸟们见熊小妹不仅不驱赶，还给东西吃，开心极了。

第二天一早，小鸟们齐刷刷地飞来了，卖力地唱着各种好听的歌曲。歌声一停，熊小妹招呼道：“不好意思啊，今天只能请你们吃桑葚儿了，数量不多，两人一只。”

小鸟见熊小妹的奖赏缩了水，虽然心里有点嘀咕，但看到泛着紫色光晕的桑葚儿，就又开心起来。

第三天早上，小鸟们一唱完歌曲，就眼巴巴地等候奖赏。等了半天，才看到熊小妹捏着几粒苞谷：“不好意思啊，家里就剩这些了，你们自己分配吧。”

“就这点儿？怎么分啊？说话不算数，不给她唱歌了！”

小鸟们非常生气，从此再也不来唱歌了。

有些事情，如果一味地硬碰硬，不仅不能解决问题，反而更加糟糕。这时不妨调整思路，采取一种缓和的办法，也许就能取得意想不到的效果。

发表于2020年12月19日《大丰日报》、2021年1—2期《优秀童话世界》

熊妈妈的烦恼

熊妈妈有两个宝贝女儿。

大女儿嫁给了做冰棍儿的黑猩猩，二女儿嫁给了溜冰场老板枣红马。两个女婿聪明能干、实力雄厚，按理说，熊妈妈应该高兴才是。可是，熊妈妈却高兴不起来。夏天，熊妈妈担心没有雪花，开冰场的二女婿就得关门。冬天，熊妈妈担心气候寒冷，大女婿的冰棍卖不出去。春秋两季，熊妈妈更是寝食难安。不冷不热的天气，既无冰可溜，又不能降温，两个女儿日子怎么过？这么一想，熊妈妈的心就像针扎似的刺戳刺戳地疼。久而久之，熊妈妈就患上了心绞痛，整天哼哼唧唧的，体重减少了十几斤。

熊爸爸见状，忙将牛医生请来。牛医生通过望闻问切，没查出什么实际性病灶，就询问发病原因。熊妈妈一听，眼泪“哗哗哗”地流个不停。直至眼睛哭肿了，喉咙哭哑了，心情才渐渐地平静下来。

听了熊妈妈的讲述，牛医生笑道：“你这不是自寻烦恼吗？你应该这样想：夏天，大女婿的冰棍销路兴旺、财源广进；冬天，二女婿的溜冰场生意红火、日进斗金；不冷不热的天气，两位女婿可以陪同家人聊聊天、逛逛街、旅旅游，还可以回来看望看望你们，岂不是很好？！”

“对啊，我怎么就没想到呢？牛医生，还是你高明！”

牛医生的话，解开了熊妈妈的心结。从此，熊妈妈又像过去那样，成天乐哈哈的了。

笑一笑，十年少。悲观的人，普天下找不到他合适的鞋；乐观的人，即使狂风暴雨，他的心也一定是明媚的。

此作发表于2021年7月17日《大丰日报》

无意之错

小蜜蜂勤勤是一位生产能手，他做的蜂蜜味道甜美，色泽纯正，深受大家喜爱。

这天，勤勤刚把桂花蜜做好，小蝴蝶丽丽就循着甜味赶来了。丽丽的母亲病了，想买点蜂蜜给老人家补补身子。勤勤听罢，立刻放下手头工作，从蜂箱里刮了满满一斤蜜，装进一只漂亮的玻璃瓶里。谁知结账时，丽丽突然改变主意。

望着丽丽离去的背影，勤勤百思不得其解，这是怎么啦？为什么要终止买卖？自己的蜂蜜可是非常紧俏的啊，是接待不周？还是别的什么原因？勤勤决定问个究竟。

接到电话，丽丽还在生气呢："我之所以这么做，是因为你不尊重我！"

"不尊重？我哪里不尊重了？"勤勤更加奇怪了。

"母亲病了，我非常难过，很想找个人倾诉一下。可是你却忙着接电话，对我的话爱搭不理！"

"哎哟，对不起，当时妹妹打来电话，告诉我她找到了一片花海，可以采很多很多的蜜。我同妹妹说话的当儿，无意中冷落了你。顾客是上帝，应该全心全意为顾客服务。这件事是我不对，我要深刻反思。你如果能原谅我，就请你再来一趟，我想送一斤蜂蜜给伯母品尝。"

"嗯，好吧，但是钱我还是要付的。"丽丽见勤勤态度诚恳，才把气消了。

这件事告诉我们，耐心倾听别人说话，既是对别人的尊重，也能赢得别人对你的好感。

发表于2021年4月10日《大丰日报》

小猫卖菜

清晨的霞光，给小白猫和小花猫哥俩披上了彩色的丝巾。第一次做生意，小哥俩兴奋极了。一大早，两人就来到小街上。小白猫在街东头设点，小花猫在街西头摆摊，两人约定，要给妈妈一个惊喜。

刚把蔬菜整理好，山羊爷爷就一瘸一拐地来了。

“瘸爷爷，瘸爷爷，我这儿有你最爱吃的大白菜，买点回去吧。”小白猫一见，连忙叫起来。

“不买不买。”山羊爷爷把头摇成了拨浪鼓。

“狐狸姐姐，你是来买菜的吗？我这儿有新鲜的黄瓜和西红柿，可以帮助你减肥哩。”

“我有那么胖吗？哼！”狐狸姐姐屁股一扭，生气地走了。

“猴矮子猴矮子，我这儿有刚刚捕捞的沙丁鱼，你来买点吧，多吃沙丁鱼有助于长个子呢。”

“去去去，自己都没有一拳头高，还信口雌黄说别人矮，有你这么做生意的吗？”猴哥气得满脸通红。

就这样，小白猫从早晨坐到中午，从中午坐到晚上，喉咙喊哑了，肚子饿得“咕咕”叫，篮子里的菜一点都没卖出去。小花猫呢，半个小时不到，菜就卖光了。

听说小花猫早就完成了任务，小白猫眨巴着眼睛说：“你遇到的肯定全是好人，我遇到的人啊，怎么说呢？一个个像吃了枪药似的，脾气特别大。”

“怎么回事？”猫妈妈连忙问。小白猫就把白天的经历，一五一十地说了。

“你呢，你是怎么做的？”猫妈妈把头转向了小花猫。

小花猫说：“我看到山羊爷爷来了，就说‘山羊爷爷，您是买菜的吗？我这儿有您最爱吃的大白菜’。山羊爷爷一听，乐呵呵地说：‘好啊，给我来五斤。’我看到狐狸姐姐来了，就说：‘狐狸姐姐，我的西红柿营养丰富，最适合您这样高品位的人啦。’狐狸姐姐高兴地说：‘真的吗？你的西红柿我全要了！’我看到猴哥哥时说：‘猴哥哥，你个子又长高了不少，如果再吃点沙丁鱼，一定会更加挺拔的。’猴哥哥高兴得一蹦三尺高：‘小花猫，你的话我最爱听，这样吧，你家的沙丁鱼，有多少我要多少！’”

“小花，你做得对。交往是一门学问，要想得到他人的尊重，就必须维护他人的尊严。小白，现在你知道菜为什么卖不出去了吧？”

发表于2021年12月《优秀童话世界》

大象和小蚂蚁

虎大王突发奇想，要组织一次举重比赛。丰厚的奖金，吸引得大家摩拳擦掌、跃跃欲试。一轮又一轮的龙争虎斗，大象和小蚂蚁脱颖而出，站上了最高领奖台。

见小蚂蚁也获得了金奖，大象很不高兴，自己这么魁梧、这么强壮，而蚂蚁只不过是一只小小的昆虫，要颜值没颜值，要力量没力量，同他站在一起，简直是天大的讽刺，于是气呼呼地说："你也配拿金奖？"

"我为什么不配？"小蚂蚁眨巴着眼睛不解地问。

"这不明摆着，我举起的可是800公斤的木头啊，你呢，不过是一粒小小的花生米！你当大力士，普天下就没有力气小的人了！"

"嗯，确实是这个理儿。"小蚂蚁点了点头。过了一会儿，小蚂蚁似乎想起了什么，仰着头问道："大象先生，请问您体重多少？"

"8吨！"大象下巴一抬傲慢地说。

"这么说，您举起的重量是您体重的0.1倍喽。"

"这？嗯，可能是吧，怎么啦？"

"大象先生，我举起的花生米虽然只有1克，可我的体重只有25毫克呀，也就是说，我举起的重量是我体重的400倍！大象先生，从相对力气这个角度来看，您说谁的力量大？"

"这，这……"大象低下了高贵的头。

发表于《老山》2020年特刊、2022年第1期《彭城文艺》

生存法则

鹰妈妈很爱自己的孩子，每天天不亮，就忙着给孩子寻找食物。找到好吃的东西，鹰妈妈却不平均分配，而是谁抢到谁享受，这就害苦了那些力气小、体质弱的孩子。

得不到能量的补充，体质弱小的孩子，越发地消瘦下去。鹰妈妈非常难过，暗地里哭了好几回。可下次喂食，依然是强者有份。于是没几天，瘦弱的孩子全都饿死了。

活下来的孩子也不轻松，羽毛还没长好，就被逼着练习飞翔。飞翔是一件很辛苦的事情，孩子自然不愿意了。鹰妈妈就把孩子骗到悬崖上，再将他们一个个推下去。急速坠落的大儿子，猛地张开翅膀。而两个胆小的弟弟，还没明白怎么回事，就活活地摔死了。

看着血肉模糊的弟弟，大儿子愤怒地责问妈妈，心为什么这么狠？妈妈噙着泪说："孩子，如果不这样，你就当不了强者，就没办法生存。学飞翔仅仅是第一步，后面还有更恐怖的考验等着你。"

果然，大儿子学会飞翔不久，妈妈就趁他不注意，将他的翅膀狠狠地折断了。疼得打滚的大儿子，怎么都想不通，妈妈这是怎么了？

鹰妈妈搂着大儿子说："孩子，别怪妈妈心狠，要想成为王者，必须经历磨难。你的翅膀看起来很健壮，其实脆弱得很，稍大一点的风暴，都能要你的命。咱们的骨骼，再生能力强，只要不停地振翅飞翔，折断的翅膀就能不断地充血，不断地愈合。而痊愈后的翅膀，就如凤凰涅槃一般，变得更加强劲有力。"

后来，大儿子果然长成了一只搏击长空的雄鹰。

再后来，大儿子当上了爸爸，并沿袭妈妈的一套，对孩子进行严格的训练。

优胜劣汰，永远是大自然的生存法则，无论动物还是植物，谁都无法逃避。

发表于 2022 年 6 月《优秀童话世界》

谁最聪明

经过初赛和复赛，汪汪狗、机灵猴和佩佩猪相继胜出，进入最后的比试环节。

望着三个志在必得的小家伙，总评委大象先生说：“孩子，我给你们五分钟，谁能想出一个好主意，以最小的代价让在场的所有观众都能获益，谁就是最聪明的人。”

经过一番思考，汪汪狗首先发言：“评委先生，我用一块钱买一盏油灯，给大家带来光明，您说这个主意好不好？”

“好什么呀，看我的！”机灵猴鼻子一嗤，“大象先生，我只需一根火柴，就能让大家品尝到甜美的茶水。而这根火柴的价值，只有油灯的百分之一，至于柴草嘛，遍地都是，根本不需要花钱买，你们说，我的主意是不是更胜一筹？”

“机灵猴，你的主意是不错，但与我的比起来，就是小巫见大巫了！”佩佩猪“嘻嘻”笑道。

“你吹牛，难道有比一根火柴更便宜的东西？”机灵猴不服气地问。

“有啊，听我慢慢道来。”佩佩猪笑眯眯地说，“我一分钱不花，只需花点力气，割一大筐青草过来，在座的岂不是都能一饱口福了！”

“这，这也算？”汪汪狗和机灵猴面面相觑。

“当然算，但是我还有更好的办法！”百灵鸟从观众席上飞了出来。

“我这都不花钱了，还有啥好主意？难道是倒贴钱不成？”佩佩猪瞪圆了大眼睛。

“佩佩猪，时间就是金钱啊，况且青草也不是大家都爱吃的。”百灵鸟不慌不忙地说，“其实，给予不一定是物质，有时一个微笑，一句安慰，一个好点子，一首动听的歌，一次真诚的批评教育，也能给人带来莫大的鼓舞和幸福。”

“对，对。”

百灵鸟话音刚落，现场响起热烈的掌声。

发表于 2020 年 12 月 15 日《农村孩子报》

小鸡爱学习

“咯咯哒，咯咯哒。”

抚摸着暖乎乎的蛋，小母鸡高兴极了。自从会下蛋以来，小母鸡就给自己定了个目标：一个月下 30 枚蛋。如今，这个目标终于实现了，小母鸡兴奋得满脸通红，“咯咯哒”的报喜声比任何时候都要响亮。

“哇，又下了一个蛋，小母鸡，你太棒了！”

听到报喜声，主人连忙抓了一把苞谷，笑眯眯地撒到她面前。

公鸡见了很不服气：“为什么你一叫就有好东西吃？而我呢，即便喊破了嗓子，主人都爱搭不理的，太不公平了！”

小母鸡说：“我叫唤是因为我下了蛋，提醒主人把蛋取走，你叫唤是为了啥？”

“报晓啊，这个你都不知道？”公鸡眼珠子一瞪振振有词地说，“我负责报晓，提醒主人按时起床；你负责下蛋，保证主人有足够的营养，千百年来不都是这样吗？”

“问题就在这里。”小母鸡笑道，“现在报时的东西可多啦，有手表和手机，有广播和电视，还有各种电子钟和石英钟，你的叫声除了增加噪声外，没一点实际意义。”

“可是，我除了打鸣外，别的也不会啊。”公鸡沮丧地说。

“学习啊。”小母鸡立刻说，“时代在变，咱们的观念也得变。现在，许多老行当都不见了，许多新行当正在兴起，你如果不能顺应形势，学会一门能够养活自己的新本领，迟早会被淘汰出局的！”

发表于 2022 年 5 月《读与写》

挑刺

费了九牛二虎之力，小母鸡才把蛋生下来。

“咯咯哒，咯咯哒”，抚摸着暖乎乎的蛋，小母鸡欣喜异常。

一群公鸡看见了，飞快地围了过来。

“小母鸡，你的蛋也太小了吧，你看鸭蛋、鹅蛋、恐龙蛋，那叫一个大！”公鸡甲尖着嗓子说。

“哎呀呀，小母鸡，你的蛋咋这么难看？你看鸭蛋、鹅蛋、鹌鹑蛋，要不洁白如玉，要不淡绿如翠，要不布满可爱的小斑点，哪里像你，要颜色没颜色，要个性没个性，简直惨不忍睹！”公鸡乙唾沫横飞地说。

“小母鸡，你也太不讲卫生了吧，怎么能把血弄到蛋壳上呢？我要是你，早躲进地缝里面壁思过了！”公鸡丙扯着破锣嗓子大喊大叫。

“我，我，呜……”小母鸡哪里见过这阵势，心里一急泪水直流。

“妈妈，鸡阿姨辛辛苦苦地把蛋生下来，那些人为什么还要责怪她？”鸡宝宝看见了，不解地问道。

“孩子，有些人就这样，自己不干活儿，还对干活儿的人指手画脚、挑三嫌四！”鸡妈妈抚摸着孩子的脑袋，气愤地说。

发表于2021年5月《杂文月刊》（上）

牛年形象大使

为使牛年有个好的运势，虎大王集思广益，决定由牛担任形象大使。

接到通知，牛家庄立刻召开会议，要求大家不辱使命，将最优秀的牛推举出来。众牛一听，全都陷入了沉思。经过认真思考，投出了庄严而神圣的一票。水牛选的是奶牛，认为奶牛吃的是草，挤出来的是奶，付出要比得到大得多。奶牛选的是黄牛，认为黄牛既能拉车又能犁地，是农民伯伯的好帮手。黄牛选的是牦牛，认为牦牛浑身是宝，藏民的衣食住行离不了。牦牛选的是水牛，认为水牛忠于职守、任劳任怨。

四头牛四张票，不分伯仲，没有高下，报谁好呢？牛庄主犯了难。牛夫人建议："都报上去吧，由虎大王定夺岂不更好？"

"对，还是夫人高明。"牛庄主眉头大展。

"胡闹，我让你们推举形象大使，不是组团旅游，报这么多牛干啥？"虎大王勃然大怒。

"大王，这事交由我办，保管您顺心如意。"一旁的狐狸主动请缨。因为"狐假虎威"的事儿，狐狸一直担心老虎打击报复，做梦都想戴罪立功。

"你？好吧。"虎大王答应了。

狐狸立刻找到蜗牛和天牛："喂，你们想不想当形象大使？"

"想啊，可是谁会选我们呢？"蜗牛和天牛沮丧地说。

"我有办法。目前黄牛、水牛、牦牛和奶牛各有一票，以我对他们的了解，一旦认准了的事绝不会轻易更改，要不怎么叫犟牛？你们如想胜出，两张票必须投给一个人。”

“这……”蜗牛和天牛低下了脑袋。

“形象大使有一笔数目可观的奖金，如果蜗牛当形象大使，那么奖金就归天牛所有，这样都不吃亏，怎么样？”

“这……”蜗牛和天牛还是举棋不定。

“不同意拉倒，形象大使本来也没你们的份儿！”狐狸生气了。

“同意，同意！”见狐狸拔腿要走，蜗牛和天牛连忙答应。

“这还差不多。”

当即，狐狸就将蜗牛和天牛带到选举现场，并主持了新一轮的选举。结果如狐狸所料，水牛、黄牛、牦牛和奶牛仍然各得一票，蜗牛因为有两票入账而高居榜首。

“胡闹，蜗牛怎么能当形象大使？”看到上报名单，虎大王非常生气。

“大王，请您息怒。”狐狸连忙凑上前去，“大王，明年不是虎年吗？以您的魅力和威力，形象大使肯定非您莫属。您想啊，如果蜗牛是牛年的形象大使，那么到了虎年，您老人家威风凛凛地一亮相，还不把他比到尘埃里去！”

“嗯，那就这样吧，民意不可违。”狐狸的一席话，说得老虎心花怒放。

发表于 2021 年 3 月《杂文月刊》(上)、入选《2021 年中国年度微型小说》

老虎断案

浓浓的肉香，将正在觅食的狐狸吸引过来。

狐狸见乌鸦又搞到一块肥肉，连忙夸奖道："乌鸦妹妹，几日不见，你更加漂亮啦！"

"又来骗了！"乌鸦鄙夷地"哼"了一声。

"乌鸦妹妹，听说你歌喉清脆悦耳，能否让我开开眼界？"

"骗，继续骗！"乌鸦暗暗发笑。

"乌鸦妹妹，我刚学了首歌，你是专家，帮我指点指点可好？"言罢张开大嘴，"呜哇呜哇"地唱起来。

"哼，看你还有啥手腕？"乌鸦一边嚼着肉块，一边愉快地想。

见乌鸦嘲弄地看着自己，狐狸知道，肉块是铁定吃不到了，就气急败坏地跑到老虎跟前："大王，我要告状！"

"你要告谁？"

"乌鸦！"

"乌鸦怎么啦？"

"她要我唱歌，我唱了，却不肯付费，这不是欺负人吗？"

"乌鸦是不对，猫头鹰，你去把乌鸦叫来。"

"遵命！"

不一会儿，乌鸦的喊冤声传了过来："大王，您可要主持公道啊！"

"少安毋躁。"老虎做了个安静的手势，"我问你，狐狸是不是给你唱歌了？"

“是的。”

“你请他唱歌为啥不给钱？”

“我哪里请他唱歌了？他的歌声比哭还难听！”

“那他为什么给你唱歌？”

“他故技重施，想骗我嘴里的肉！”

“你当时在吃肉？”

“是的大王。”

“我知道了。乌鸦，你欣赏了狐狸的歌声，按理应付点歌费。狐狸，你品尝了乌鸦的肥肉，按理应付就餐费。”

“大王，我只闻到了肉香，并没有吃到肉块啊。”狐狸连忙叫道。

“那就减半。山羊，你算算看，他们应付对方多少钱。”

“大王，按照市场行情，点一首歌曲只需十文钱，而一块肥肉起码一百文。一百减半再减去点歌的费用，狐狸应给乌鸦四十文。”山羊捋着胡须慢悠悠地说。

“好，现在我宣布审判结果，狐狸返还乌鸦四十文。”

“大王，我哪里有钱啊！”狐狸一听慌了。

“没钱也好办，少一文打一板，一文没有四十板，来人啊，板子伺候！”

“饶命啊，饶命啊！”狐狸“扑通”一声跪倒在地。

喜欢算计别人的人，最后会把自己也算计进去。

发表于 2021 年 7 月《杂文月刊》（上）

喜鹊和乌鸦

千百年来，人们对喜鹊一直喜爱有加，认为喜鹊是吉祥鸟，他的叫声有着美好的寓意。

见喜鹊人见人爱，乌鸦又羡慕又嫉妒，自己的模样和喜鹊差不多，为什么不招待见？

“喳喳，喳喳。”正纳闷着，喜鹊的叫声传了过来。乌鸦灵光一闪，叫声，是因为叫声！喜鹊的叫声悦耳、喜庆，自己的叫声却“哇哇哇”的，比哭还要难听，要想改变人们的看法，必须拜喜鹊为师。

听了乌鸦的请求，喜鹊并没有推托，从最基础教起，怎么发音，怎么运气，不厌其烦、毫无保留。乌鸦也拿出百倍的努力，认真学习，仔细揣摩，时间不长，叫的声音就跟喜鹊一模一样了。乌鸦非常开心，招呼都没打一声，就向村庄飞去。

听到“喳喳”的叫声，村人以为喜鹊来了，谁知出门一看，竟然是乌鸦!

“好你个乌鸦，竟敢模仿喜鹊的叫声，打死你！打死你！”村人挥舞着拳头气愤地说。

“救命啊，救命啊！”乌鸦吓坏了，一边叫着，一边逃命。

“师傅，我的叫声跟你一样，为什么还是不讨人喜欢？”回到喜鹊身边，乌鸦不解地问。

“你刚才吃了什么？”看到乌鸦嘴角上沾着一小片羽毛，喜鹊皱着眉头问。

“是，是，是一只小鸟。”乌鸦吞吞吐吐地说。

“我知道原因了！”喜鹊严厉地说，“人们不喜欢你并非因为叫声，而是你的品行。你经常偷吃雏鸟和鸟蛋，经常祸害庄稼，啄食农民辛辛苦苦种植出来的水果和谷物，人们能喜欢你吗？”

发表于2021年8月12日《七天》（加拿大）、2021年11月《优秀童话世界》

一山能容多“虎”

花斑虎一上任，就着手清理门户，将所有同类统统赶出山林。紧接着，花斑虎又用尿液，把自己的辖区圈了起来，并叮嘱守土将士，若有老虎来犯，一律格杀勿论。

被驱老虎，就到大象那儿告状，说花斑虎心肠太狠，品行太差，不仅容不得我们，连自己的亲娘老子都不放过，这样的素质，哪里配当领导？

大象贤良方正，又是动物界的最高首领，听说花斑虎贪得无厌，气得“嗷嗷”大叫：“太不像话了，怎么能这样呢？忘恩负义，大逆不道！熊法官，给我去查，一定要好好地查！”

“是！”熊法官领旨立刻动身，前往花斑虎盘踞的山头。

得知熊法官要来，花斑虎愁肠百结。改吧，势必影响到自己的利益；不改吧，官位又将不保，怎么办呢？

“大王，我有办法。”狐狸连忙说。

“你有什么办法？”

“把虎请进来啊。”

“把虎请进来？”

“是啊。大王，他们只说您一山不容二虎，并没有明确什么虎啊。咱们如果把名字带有‘虎’字的动物请进来，谣言不就不攻自破了？”

“对，还是你脑子灵光，这事就交给你了，快快去办！”

“是！”狐狸领旨，急急地走了。

紧赶慢赶，当熊法官踏进花斑虎的领地时，眼前已是一个虎的世界：山溪里游着虎头鱼，草丛里藏着虎纹蛙，壁虎在坡地上捕捉虫子，虎皮鹦鹉在枝丫上窃窃私语……就连山坡上的花花草草，也以虎刺梅、虎皮兰和虎耳草为多。再看领导班子名册：虎猫任公安部部长，虎甲任组织部部长，虎纹蛙任宣传部部长，虎头鲨任水利部部长，所有大小官员，几乎都由“虎”来担任。

审查结果，花斑虎不但洗刷了自己的罪名，还因为“任虎唯贤”，得到了大象的嘉奖。

发表于2021年10月《杂文月刊》(上)

蜗牛和鼻涕虫

蜗牛和鼻涕虫，在屋檐下相遇。

一见面，鼻涕虫就迫不及待地问道："喂，蜗牛老弟，你为什么要把房子背在身上啊？"

"我娘说，把房子背在身上，既可以方便休息，又可以防备天敌。"蜗牛答道。

"哈哈，肯定是骗你的，担心你离开了房子，找不到回家的路。"鼻涕虫笑道。

"咋会呢？我娘他们也从没离开过房子啊。"

"从没离开过房子？哎哟哟，那你们一家岂不是太愚昧了！"

"不许你说我的家人！"蜗牛皱起了眉头。

"难道不是吗？一个连家门都不敢出的人，能有什么大出息？你看我，没有羁绊，没有负担，轻轻松松，行走自如。兄弟，出来吧，出来了你就会知道，我的话是多么正确！"鼻涕虫摇头晃脑地说。

"哎哟，哎哟。"

突然，一盆泔水"哗"地泼了下来，将蜗牛和鼻涕虫淋了个透。鼻涕虫痛苦得"哎呀哎呀"直叫唤，不一会儿，就在含有盐分的泔水中脱水而亡。蜗牛呢，因为有房子的保护，安然无恙。

看问题不能只看表象，有些貌似不合理的东西，恰恰是很重要的。

发表于2021年11月1日《中小学生报》、2022年2月《山海经创意读写》

虎大王比武

虎年即将来临。为了让大家更好地服从自己，更由衷地敬佩自己，虎大王摆了个擂台，想通过比武的方式展示自己的实力，展示虎年执勤官的威望。

消息一传出，山林震动了，大家怀着好奇的心情，呼朋唤友，过来围观。

“哼，肯定是作秀，你们想啊，老虎的屁股都摸不得，谁敢跟他过招？哈哈，当不得真的。”

小麻雀的话，使得大家疑窦丛生。

“小麻雀，你瞎叨叨啥？给我上来！”虎大王气愤地说。

“上去干吗？”小麻雀歪着脑袋问。

“咱们比试比试。”

“比试就比试。”

“哼，看我不捏死你！”虎大王恨恨地想。

“哎呀！”虎大王感觉头皮一疼，小麻雀已腾空而起。

“不算，你这是突然袭击，我还没说开始呢。”虎大王气得直叫。

“比都比了，怎么能不算呢？”小麻雀笑嘻嘻地说。

“虎大王，我想参赛。”

“虎大王，我也想参赛。”

“虎大王，咱俩比比行吗？”

见小麻雀毫发未损，老鹰、秃鹫、啄木鸟等飞禽，跃跃欲试。

“不行，会飞的动物都不得参加。”虎大王眉头一皱，坚决地拒绝了。

“虎大王，我能跟你比武吗？”大白鹅吧嗒着长嘴巴问。

“不行，你有翅膀！”虎大王想都不想就拒绝了。

“我有翅膀不假，可我飞不高啊。”大白鹅继续申请。

“嗯，好吧。”虎大王答应了。

“大王，我有个请求。”

“啥请求？说！”

“我有恐高症，擂台不能放这儿。”

“那你说放哪儿？”

“放那儿，那儿开阔。”大白鹅指着河边的一块空地说。

“行，就那儿。”虎大王一边说一边大摇大摆地往前走。

刚走到河边，虎大王就被大白鹅狠狠地啄了一下。

“干什么，干什么？”虎大王“嗷嗷”大叫。

“比武啊，哈哈，我赢啦！”

“你，你……”望着红掌拨清波的大白鹅，虎大王只有干着急的份儿。

“虎大王，还比吗？”大家问道。

“比，但是会飞的、会水的都不得参加。”虎大王斩钉截铁地说。

“大王，我想跟您比比，行吗？”一只跳蚤跳了出来。

“你？”虎大王疑惑地问。

“是啊。”跳蚤猛地往老虎身上一钻，东一口西一口地咬起来，咬得老虎又疼又痒。

“打死你，打死你！”虎大王东一巴掌西一巴掌，直拍得浑身发红，跳蚤依然好好的。

“不比了，不比了！”虎大王气急败坏。

“大王，您认输了？”大家问道。

“不，比赛还是要进行的，但是，除了会飞的、会水的以外，昆虫也不得参赛！”

“大王，您能不能说具体点，哪些动物可以参赛？”

“四条腿的动物，像我这样，要有四条腿，才具备参赛资格。”

“大王，依照你的条件，我最合适了，我们俩长得最像，我们比比好吗？”山猫仰着脑袋问。

“好。”老虎立刻应道。

“大王，俗话说，一日为师终身为父，我当过你师傅，按道理你应该让我一点，这样既能显示徒弟对师傅的尊重，又能显示山大王的豁达，你看如何？”

“行，就照你说的办。”

“看招！”话音刚落，老虎的额头已刻上几道血痕。

“你，你……”虎大王还没来得及反击，山猫已爬到树上。

“师傅，你这一招咋不教我？”望着高高在上的山猫，虎大王委屈地问。

“哈哈，你没听过‘教会徒弟饿死师傅’吗？什么本领都教给你，还有我的活路？”

“大王，还比吗？”

“大王，还比吗？”

所有动物都站了出来，强大的阵势，吓得老虎浑身发抖。

经历此事，老虎终于明白，强大不是绝对的，弱小也不是绝对的。

发表于 2022 年 2 月 22 日《新江北报》

一句话寓言

咬人的狗，模样不一定凶。

老虎号称天下无敌，却对蚊子束手无策。

蜘蛛织网捕获食物的同时，也将自己暴露给敌人。

猫不再捉鼠，狗不再护院，原因是待遇变了，身份也变了。

因为显摆，金钱龟虽然身价倍增，却将自己推向危险的边缘。

蜗牛贪图享乐，吃喝都在屋里，时间一久，屋子便牢牢地长在身上。

螃蟹原本是向前走的，因为腿脚太多，常常出现相互踩踏的现象，就尝试着左右行走，不想竟十分协调。

磕头虫遇到了白头翁，吓得连连磕头。白头翁肚子不饿，暂且放过了他。从此只要一有动静，磕头虫就磕头不止。

发表于2021年9月《优秀童话世界》、2021年8月14日《大丰日报》

会说话的小猴子

小猴子，嘴巴甜，从小就懂得尊重人。

一次，妈妈抱着他去购物，还没走到摊位前，小猴子就甜甜地叫道：“兔奶奶好！”

“啊，真是个乖孩子！”兔奶奶高兴极了，连忙站起来，将板凳让给气喘吁吁的猴妈妈坐。临别时，还给了小猴子一块糖。那个时候，小猴子还在牙牙学语呢。

上幼儿园时，因为乖巧听话，老师没一个不喜欢他。有了好吃的好玩的，总是先让他挑。排座位、做体操，他在最显眼的位置。表演文艺节目，角色任他挑选。评选好娃娃，最先考虑的还是他。

尝到甜头后，小猴子越发懂事了。不管什么时候，不管认不认识，不管人家有没有时间，总是热情地打招呼：“嗨，您好！您吃过饭了吗？”“您需要帮忙吗？”“您的气质真好！”“您是我见过的最有风度最有涵养的人！”“咱们加个微信吧。”“咱们留个电话吧。”“您走好啊！”“拜拜啦，再见啊……”态度诚恳，话语密集。不搭理吧，说不过去；搭理吧，烦不胜烦。

假若别人帮点忙，那就更不得了了，感谢的话能说上一箩筐：“谢谢！”“太谢谢您了！”“您这人够朋友！”“要我怎么感谢您呢？”“真对不起啊，麻烦您了，打搅您了！”“您的心肠真好，我会感恩一辈子的。”“感谢，深谢，叩谢，再谢。”“感恩、感激、感动、感人。”“滴水之恩，涌泉相报。”“与人玫瑰，手有余香，好人有好报，好人一生平安……”后来，人们只要看见他，不是躲避就是疾走，生怕被他缠住。

大前天，小猴子去某公司应聘。轮到他自我介绍时，他先向评委们鞠躬致意，再向工作人员鞠躬致意，然后又以百分之百的热情和真诚，向在座的评委一一问好。当他把十一位评委的招呼都打完时，规定的时间已到。结果，一同去应聘的小伙伴都被录取，唯有他铩羽而归。

过分的热情和恭维，不但难以取悦人，有时还会适得其反。

发表于2022年6月《杂文月刊》(下)

第二辑　植物趣谈

植物是有灵性的，它们喜爱阳光、喜爱雨水、喜爱颜色、喜爱声音、喜爱唱歌跳舞，还喜爱耍小性子呢！

走进它们的世界，你会看到喇叭花成名后的改变，小卷柏不听劝告的后果，爬山虎和牵牛花的狂妄自大，尖毛草的伺机待发和奋勇努力。还会看到马铃薯、蒲公英、无根萍、墙角芦苇、勒茎无花果等小精灵们的隐忍、坚毅、爱动脑筋和积极向上的优秀品质。

用植物编织出来的寓言，色彩斑斓、趣味无穷。品味它们的酸甜苦辣，会得到意想不到的收获。

成名后的喇叭花

自从被大家推举为“最富风情的花儿”后，喇叭花就像变了个人，整天黑着一张脸，不是埋怨生错了地方，就是埋怨白瞎了才华。

风儿见她心情不好，就奇怪地问道：“你已经很幸福了，为什么还不高兴？”

“高兴什么呀？有什么值得高兴的？”喇叭花气呼呼地反问道。

风儿说：“为了你，小松树把自己变成了一根支架，任你缠绕，任你攀爬，看到你绽放出美丽的花朵，小松树比谁都高兴，有这样贴心贴肺的朋友，你难道还不知足？”

“切，知足的应该是他，不是我的装点，就他那鬼样子，谁愿意看？！”喇叭花眼睛一瞪反唇相讥。

“小溪流呢？没有小溪流的滋润，哪有你今天的芳华！”

“傻瓜，没有溪流有雨水啊，小溪流只知道‘哗哗哗’地聒噪，一点儿美感都没有，烦人！”

“那么土地呢？土地你应该得敬畏吧？没有土地妈妈的怀抱，你连扎根的地方都没有。”

“快别说了，我最恨的就是土地，不是她的羁绊，我可以进城，可以到人多的地方去。假若我落户在城里的公园或城里的人家，岂不比现在风光得多？”喇叭花更加生气了，恨不能从泥土里拔出脚来。

风儿见状连连摇头：“你怎么能这样呢？不可理喻！既然你不喜欢这儿，那我就替大家做个主，把你驱逐出去！”

言罢，风儿鼓起嘴巴猛地一吹，喇叭花立刻离开故土，成为一个无依无靠的流浪儿。

不懂得感恩的人，不仅会失去朋友，还会失去已有的一切。

发表于2019年12月18日《农村孩子报》、2021年4月16日《谯城周刊》

树和花

一场春雨后，树和花儿同时从泥土里钻出了脑袋。

“你是谁啊？”花儿望着树好奇地问。

“我是树，你呢？”

“我是花儿。”

“原来是花儿妹妹啊，太好了，我们交个朋友吧。”

“交朋友？好啊。”

“哦，我有朋友了，我有朋友了！”树高兴极了，恨不能抱起花儿转一圈。

不知不觉，树长成一个健壮的小伙子，花儿长成一个妩媚的小姑娘。

树腰身挺拔，枝干遒劲，密密的叶片像一把遮阳的伞。花儿小巧玲珑，温婉雅致，累累花苞吐送着迷人的芬芳。

树成了鸟类的天堂，画眉、杜鹃、百灵鸟等，纷纷赶来安家落户。花儿成了蜂和蝶的惊喜，酿蜜的、授粉的，飞舞出一片繁忙。

树的英姿勃发，花儿的小鸟依人，构成了一幅和谐的图画，给静谧的河滩，增添了无限活力。

一天，来了几个人，看见花儿，新奇极了，有的俯下身子闻着花香，有的依着花枝合影留念，还有的打开画夹，给花儿画起像来。

树和花儿都很害怕，不知道他们想干什么。鸟儿笑道：“他们是城里人，是来这儿休闲的。城里可漂亮了，楼房比森林里的树还要多，汽车比风跑得还要快。城里人住着高楼大厦，吃着美味佳肴，一天只要工作

8小时，双休日可以逛街、购物、会朋友，还可以看戏看电影呢，总之，城里人的生活，比神仙还要舒服。”

“哇，如果我也在城里就好了。”花儿羡慕地说。

“这里也很好啊，环境优美，空气新鲜，住在这里，可以延年益寿呢。”鸟儿马上说。

“好什么呀？一点儿情趣都没有。”花儿嘀咕道。

从此，花儿性情大变，梦里梦外都是高楼大厦、都是车水马龙、都是灯红酒绿的城市生活。树见她想入非非，提醒她要珍惜当下，不要好高骛远。花儿眼皮一翻：“都像你这样没理想没追求，活着与死去有什么区别？”

几天后，又来了一拨人，看见花儿，飞一般围过来，有的忙着拍照，有的忙着画画，有的什么也不干，只痴痴地看着花儿。

花儿忍不住了，对看着她的那个人说：“你如果喜欢我，就把我带走吧。”

树一听大叫：“花儿，你疯啦？城里是你能去的？”

花儿鼻子一嗤：“为什么不能？”

树说：“你是花，离开泥土，你会没命的。”

花儿说：“那又怎样？只要能过上城里的生活，死也甘心。”

看花儿的那个人，似乎听懂了花儿的话，果真伸出手来，“嘎吱”一声，一柄花枝就离开了母体。树心疼得浑身发抖，花儿却忍着疼痛说：“再掐一朵，再掐一朵。”其他人也伸出手来，一朵一朵，一枝一枝，只一会儿，长花的地方，就成了一堆残枝败叶。

折完花枝，那伙人又打起树的主意。树死死地抓着泥土，用枝条狠狠地击打他们，逼得他们不得不改变主意。

花儿终于进了城，住进了花瓶，被放置在家里最醒目的地方。可是不久，花儿就难受起来，浑身哪儿哪儿都不舒服。花儿开始怀念过去的生活了，然而这个时候，花儿已渐渐地失去容颜，散发出腐朽的味道，主人一生气，就把她扔进了垃圾箱。临死前，花儿还心怀侥幸，自己的根还在，来年还会发芽的。

让花儿想不到的是，由于伤害严重，她的根没能扛过严寒的冬季，在春天到来之前，就已彻底枯萎。

树伤心地说："花儿，你怎么就不听劝呢，每个人都有自己的活法，不可以盲目追求的，就像鱼儿离不开水，瓜儿离不开秧一样，咱们的母亲是大地，离开大地母亲的怀抱，能有活路吗？"

发表于 2019 年 8 月《南城文艺》，入选统编中小学语文教材《伴阅读》三年级上第二册

骄傲的盆景

绿洲植物园发布公告，要推选一批奇妙的物种，申报吉尼斯世界纪录。得到消息，毛毡、卷柏、笑树、猴面包树、盆景等纷纷赶来，报名参加竞选。

毛毡说：“别看我长得小，我可是植物的保护神呢，我的叶子上有两千多根茸毛，这些小茸毛，能分泌出一种黏性很强且带有香甜气息的液体，蚜虫、粉虱、红蜘蛛等害虫，闻到我的气味就会急急地飞来。一旦被我粘住，要不了两个小时，就会被我消化吸收。”

卷柏说：“我的本领可大啦，每当气候干旱，我就会把根从土壤里拔出来，整个身体团成一团。稍有一点风，我就随风滚动。一旦滚到水分充足的地方，就把根深深地扎进泥土。如果住得不舒服，就再挑选地方，直至满意为止，大家都称我是会搬家的植物呢！”

猴面包树说：“我的形状像瓶子。我这个瓶子里，能储藏300多升水。人们口渴了，只需在我身上挖一个小洞，就能喝到甘甜爽口的水。因此很多人都说：‘只要有猴面包树在，沙漠旅行就不必担心。’”

笑树说：“在森林里，常会听到哈哈的笑声，当地人都知道，笑声是我发出的。我的每个枝杈间都长有一个皮果，形状像铃铛，皮果内生有许多小滚珠似的皮蕊，微风吹来，皮蕊在里面滚动，就会发出‘哈哈’的声音，所以人们都说我是‘笑树’。”

盆景扭着腰身说：“哈哈，你们跟我比什么都不是。我多么俊美，多么高雅，你们却土得冒泡，若论珍奇，我才是呢。否则，为什么我能住上明亮的房子，接受人们的呵护和赞扬，你们只能待在荒郊野外，任凭风吹雨打？”

大家一听非常生气：“你是很美，可那是你的功劳吗？你不过是艺术家的一个作品，如果申报，也只能申报你的主人！”

“你们这是妒忌！”盆景气急败坏。

不久，评比结果出来了，毛毡、卷柏、笑树和猴面包树，同时入选吉尼斯奇妙植物，而骄傲自大的盆景，却在初评时就被淘汰出局。

入选统编中小学语文教材《伴阅读》三年级下第二册

自以为是的小卷柏

小卷柏又开始旅行了，这一次，他决定远离山坡，到一个全新的地方去。

“小卷柏，别走啦，这地儿气候温和，雨水充足，可舒服啦。”小菖蒲伸出长长的叶片，拉着小卷柏热情地说。

“切，比这儿舒服的地方多的是！”小卷柏决绝地抽出了自己的手。

“小卷柏，到我这儿来吧，有我的滋养，保管你壮壮实实的。”小山溪笑哈哈地发出邀请。

“谢谢你的好意，我可不想在这儿终老一生。”小卷柏脚下一蹬，快速地滚了过去。

“小卷柏，留下来吧，植物园是植物的天堂，渴了有人浇灌，病了有人诊治，可好啦！”山茶花仰着圆圆的笑脸，恳切地说道。

“植物园有什么好？整天被人管来管去看来看去的，一点儿都不自由。”小卷柏再一次拒绝了挽留。

滚啊滚啊，不知滚了多少天，小卷柏终于来到一个全新的环境。这儿正下着毛毛细雨，泥土松松的、软软的、湿湿的，踩在上面像踩在棉花上一般。小卷柏张开嘴巴，迫不及待地喝起水来。赶了这么远的路，小卷柏早已口干舌燥。

“哎，你是谁啊？”突然，一声亲切的问候，传进小卷柏的耳朵。

“我是小卷柏，你呢？”

“我叫骆驼草。”

“骆驼草？”

“是啊，因为我是沙漠中唯一能给骆驼提供食物的草，所以人们称我‘骆驼草’，小卷柏，你是从哪儿来的？”

“看到远处那座山了吗？我的家就在那里。那儿正闹旱灾，没办法生存。”

“这么说，你也怕干旱？”

“是啊，每当焦渴难忍时，我就把根从土壤里拔出来，整个身体团成一团，然后跟着风婆婆到处跑，一旦跑到水分充足的地方，就把家安在那儿。”

“哟，那你跑错地方了，我们这儿是有名的死亡之海，一般的植物很难存活。”

“没关系，不舒服就再跑，在这之前，我已搬了好几次家啦，人们称我是会搬家的植物呢，哈哈。”

“小卷柏，沙漠与其他地方不同，太阳一出来，水分很快就会蒸发掉的，到时候只怕你想跑都来不及了，还是快点走吧。”

“喂，你怎么回事啊？为什么要把我往外推？”

“我是为你好，塔克拉玛干气候恶劣，温度最高六七十摄氏度呢，你会受不了的。”

“越说越离谱了，如果温度真的那么高，你能活到现在？”

“我们祖祖辈辈住在这里，早习惯了，可你不同啊。”

“有什么不同？还不是怕我抢了你的风头？”

“唉，要我怎么说你才相信呢？真是急死人！”

“谎言自然没人相信，我刚到，还没来得及欣赏美景呢，不陪你玩了。”言罢，小卷柏就将目光伸向了别处。

小雨说停就停了，太阳一钻出云层，就疯狂地舔舐着大地，正欣赏美景的小卷柏，瞬间被热浪紧紧包围。

“哎呀呀，热死我啦，老天爷怎么这样啊？说变脸就变脸！”小卷柏惊慌失措，拔腿就跑。可是哪里来得及呢，沙漠那么大，气温那么高，小卷柏使出了浑身解数，也没能逃出死亡之海。

发表于2019年5月24日《新江北报》、2021年1—2期《优秀童话世界》

爬山虎和牵牛花

一日，爬山虎突发奇想，要成立个植物王国，体验一下当王的感觉，于是就对牵牛花说出了自己的打算，并郑重承诺，如果表现好，就让牵牛花担任自己的助手。

牵牛花非常高兴，忙张开大嘴喊道："各位注意了，爬山虎大王要召集你们开个会议，商讨一下建立植物王国的事情。"

"'爬山虎大王'？喂，爬山虎什么时候成'王'了？"大家一听笑着问。

"这还不明白？"牵牛花白眼一翻，"老虎是百兽之王，爬山虎自然就是咱们植物界的头领喽。"

"哈哈，怪不得这么起劲。牵牛花，你是不是认为，自己就是牛的主人了？"

"那当然，依据我的能力，爬山虎大王已经决定，让我担任他的助手。"

"你当助手？那我狼牙棒岂不是能当将军了？"

"是啊，按照你们的逻辑，我虞美人是不是就成人类了？"

"你俩说的极是，'狼牙棒'确实可以跟狼叫板，'虞美人'可以跟人同类。不过你们应该知道，在威风凛凛的老虎面前，狼和人都是弱者，所以让你们当我的子民，不冤枉。"爬山虎慢悠悠地说道。

"哼，还敢自比老虎！我问你，老虎力大无比、勇猛非凡，你有什么本事？"

“我们会攀岩、会爬升，只要有个支撑，不管多高我们都能爬上去。”爬山虎和牵牛花急忙说。

“没有支撑呢？没有支撑会怎么样？说句不好听的话，你们的所谓成就，是踩着别人的肩头实现的，没有别人的帮助，你们什么都不是！”

发表于2019年9月25日《农村孩子报》

一意孤行

吉米和吉克是两棵猴面包树。很小很小的时候，他们就被主人移栽进果园，享受着无微不至的关怀。两年后，吉米和吉克已长成健壮的小伙子，树冠如盖，腰杆笔直，个头有十几米高。

为报答主人的厚爱，一进入成年期，吉米和吉克就不停地储蓄水分，孕育果实，很快，他们的腰腹就“嗤嗤”地鼓胀起来，黄灿灿的果实挂满全身。

主人开心极了，拍着他们的大肚皮说：“很好，我就喜欢你们这个样子。”

从此，主人到果园里劳作，再也不用带茶水了。吉米和吉克肚子里的水，随时可以满足他的需求。口渴了，主人只需用小刀在他们的肚子上挖一个小洞，就能喝到甘甜爽口的清泉。

不久，吉米听到一个消息，植物界要举行选美比赛，气质佳形象好的都可以报名参加。吉米想，自己别的方面还算可以，就是腰身太粗，要想参赛就必须瘦身，而瘦身的最好办法就是不吃不喝。吉米的家园属热带地区，气温大多 30 多摄氏度，每天要补充一定的水分才能存活，绝食没几天，吉米就枯萎下去。

见吉米病恹恹的样子，主人忙给他施肥浇水，还挂了几瓶营养液。可吉米不配合，把皮肤绷得紧紧的，拒绝一切营养和治疗。吉克急得大叫：“你疯啦？再不喝水会没命的！”吉米说：“我要去参赛呢，没有付出哪有回报？”吉克见吉米一意孤行，只得独自挑起重任，确保主人劳作时有足够的水喝。

一个星期后，吉米的肚子果然瘪了下去，但他的身体也遭到了重创，风儿轻轻一吹，叶片和果实争先恐后地往下掉，只几天工夫，就成了光秃秃的枝干。

“唉，既然你已失去价值，就没有存在的必要了。”主人一边叹着气，一边招呼家人，将吉米放倒在地。

发表于 2021 年第 1 期《营山文学》、2021 年 6 月《北京精短文学》

树、灯和小草

树、灯和小草朝夕相处，好得像亲兄弟似的。

树是德高望重的老者，高大粗壮的腰身，雕刻着岁月的年轮；巨大而密实的树冠，能将30多平方米的地面遮盖。倘若老天爷下起瓢泼大雨，或者吐出火辣辣的热气，树便举起绿色大伞，为人们排忧解难。即便是温婉舒适的天气，树依然魅力不减，吸引着人们与之亲近。

灯是风度翩翩的少年，光洁无瑕的灯杆，挺立出青春的气息；玲珑剔透的灯盏，闪烁着迷人的芳华。到了夜晚，几支白玉兰光束齐齐绽放，洒下的清辉，为大地撑起一片光明。人们便聚集到这里，散步、聊天、跳广场舞，一天的疲劳，在晚风的轻拂下烟消云散。

树和灯的春风得意，让小草无比失落，觉得自己太渺小、太卑微，太不起眼了，简直是白来世上一遭！

见小草愁眉苦脸、情绪低落，树弯下身子说："孩子，你也很了不起啊，你不仅可以吸收灰尘，清洁空气，还是马牛羊等食草动物的衣食父母呢。"

"是啊，你现在还小，等你长成一片绿洲，保准比我们还受欢迎！"路灯扑闪着亮晶晶的大眼睛，也做起了思想工作。

听了树和灯的话，小草一下子豁然开朗：对啊，地在人种，事在人为。只要肯吃苦，肯花气力，肯动脑筋，再卑微的生命，也能爆发出巨大的能量。从此，小草就像打了鸡血似的，拼命地吸取养分，拼命地播种发芽，拼命地发育生长，只几年工夫，就将地面铺展成绿色的海洋。

于是早锻炼的人们来了，捧着书本的读书郎来了，放风筝的小娃娃来了，唱歌跳舞扭秧歌的中老年朋友来了，人们在绿意绵绵的地毯上尽情地享受快乐、享受生活，欢乐祥和的景象，连骄傲的孔雀都羡慕不已。

发表于 2020 年 6 月 13 日《大丰日报》

墙上芦苇

两粒芦苇种子，同时落户于墙角和墙头。位置上的差异，使得墙上芦苇打从发芽时起，就高出墙角芦苇一大截。如此，两姐妹说悄悄话时，墙角芦苇就必须踮起脚跟，仰起头颅。墙上芦苇呢，只需稍稍低下脑袋，或者垂下眼皮即可。时间一长，墙角芦苇头昏眼花、脚跟酸麻。墙上芦苇呢，啥事没有。

一天，两姐妹正亲切地交谈着，一只乌鸦看见了，“呱呱呱”地叫道：“哇，这两位太有趣了，一个俯视，一个仰视；一个身居高位，一个屈尊低洼；一个生活在阳光下，一个生活在背阴处，好玩，真好玩！”

“哼，鸦嘴里吐不出象牙！”墙角芦苇听了眉头直皱。

墙上芦苇却很受用，乌鸦说得对，自己可不就是高人一等吗，高高在上、高瞻远瞩，哈哈，真好！于是暗暗发力，继续向上长去。

墙角芦苇见墙上芦苇又长高了好几寸，连忙提醒：“不能再长高了，赶快把精力放到脚下，没有扎实的根基，会有危险的！”

“切，危言耸听，说到底，还不是怕我把你抛下！”这么一想，墙上芦苇不仅不听劝告，反而加大了拔高的力度，把本应用于根部的养分，全部用到了躯干上。一米六、一米七、一米八……正准备向两米发起冲击时，一场突如其来的大风，将墙上芦苇连根拔起。

“疯婆子，你偏心，我和她都是芦苇，为什么她好好的，我却惨遭毒手？”墙上芦苇抓着风的衣角大喊大叫。

“笑话，你能同墙角芦苇比吗？墙角芦苇根基结实，根系发达，你呢，头重脚轻，根基浅薄，你这德行，早该淘汰啦！”

发表于2020年7月15日《新大中》、2021年6月《北京精短文学》

马铃薯和西红柿

乡村 4 月，马铃薯和西红柿相继进入花季，似乎是一夜之间，花儿就缀满枝头。

马铃薯的花，乳白、粉红、淡紫，繁而不杂，艳而不俗，如温婉贤淑的女子，端庄优雅，安安静静。

西红柿的花像个金色的小喇叭，风儿一吹，嘻嘻哈哈摇头晃脑，吸引得小蝴蝶纷纷而至。

从此，西红柿看不起马铃薯了，觉得马铃薯的花一点儿都不好看，同马铃薯做邻居，简直有损自己的形象。

不久，西红柿的花谢了，结出了小小的果实。果实先是青的，接着是淡黄色，后来又慢慢地变成红色，像一个个红色的小灯笼，骄傲地垂吊在枝干上。

马铃薯的花也谢了。一瓣一瓣、一朵一朵，零落成泥碾作尘，只有香如故。

见马铃薯的花什么都没有留下，西红柿越发看不起她了，说马铃薯不仅长得难看，连子孙都没有一个，真是白来世上一遭。马铃薯说："我有孩子啊，我的孩子都长在根部呢。"

"根部？骗人吧？"

"真的，不信你扒开看看。"

"好吧，就算是有，肯定也是个丑八怪，否则，为什么要躲在泥土里？"

说完，西红柿嘴巴一张，大声地唱起来：“啦啦啦，啦啦啦，我是可爱的小萌娃。酸溜溜，甜滋滋，保管你越吃越爱吃。”

鸟雀们一听，立刻降落下来。你一口，我一口，不一会儿，西红柿就伤痕累累。鸟雀飞走后，蜗牛、毛毛虫也爬过来，大口大口地啃噬着。

丰收的日子到了。用手轻轻一拔，胖乎乎的马铃薯像一窝胖乎乎的小猪崽，笑嘻嘻地露出脑袋，喜得主人合不拢嘴。而骄傲自满的西红柿，早已香消玉殒、踪迹全无。

低调的人，只需活在自己的生活里；高调的人，却把自己活在别人的眼睛里。

发表于 2021 年 6 月《北京精短文学》、2022 年第 1 期《小星星》

苍耳和蒲公英

苍耳和蒲公英是一对好姐妹，从出生时起，两人就亲亲热热地在一起。

日升日落，花开花谢。不经意间，两姐妹已进入孕育的年纪。两人约定，一定要让孩子走出小山坳，到广阔的大地上去。

为了实现这一理想，蒲公英孕育种子的同时，还在它的外围长满白色冠毛，再结成好看的绒球。一旦时机成熟，这些种子便撑开毛茸茸的小伞，随着风儿四处飘荡。

苍耳也在准备着。经过反复思考和掂量，她想到一个好主意，在种子的外表长满带有钩子的硬刺，一旦有谁从她身边经过，就牢牢地抓住对方的衣服或皮毛，让他们把自己带出去。

“不行不行，这样太被动，万一没有人经过怎么办？万一抓不牢怎么办？”蒲公英听了苍耳的计划连连摇头。

“怎么会？你没见咱这里常有野鹿野兔子出入吗？我只要往他们身上一钩，就可以云游四方了。你的方法才不可取呢，又要撑伞又要飞行的，太费力！”

“我劝你还是从长计议。”

“我劝你不要杞人忧天。”

“我的办法好。”

“我的办法好！”

吵吵嚷嚷中，她们的身边来了一只獾。苍耳来不及打个招呼，“嗨”

的一声跃上獾的脊背。蒲公英见好姐妹终于找到了附着物，这才放心地撑开小伞，悠然自得地飘飞起来。

谁知，那獾不愿被人驱使，又蹦又跳又打滚，不一会儿就将身上的苍耳种子清除干净。

看到苍耳无可奈何地躺在原地，蒲公英痛心地说："唉，世界上哪有捷径可走呢？要想成功，唯一的办法就是奋发努力啊。"

发表于 2021 年 3 月 30 日《新江北报》

叶子的选择

一片树叶，在完成使命后即将离开母体。妈妈见她闷闷不乐，连忙询问为什么。

叶子发愁地说：“妈妈，在这里我可以发挥呼吸作用、光合作用、养分转化作用和蒸腾作用，离开你我能干啥呢？”

妈妈笑道：“孩子，离开我你可以有更多的选择啊，比如当肥料、当柴草、当标本、当大地母亲的被子，幸运的话还可以当一枚书签。”

“谢谢妈妈，我知道怎么做了。”叶子亲吻了一下妈妈的手臂，毅然决然地飞了出去。

“小妹，到这儿来吧，让我们变成大树需要的营养成分，回报妈妈的养育之恩。”树妈妈根部的一堆叶片，向她频频招手。

“不啦，妈妈有你们照应已经足够，我还是到更需要的地方去吧。”说完叶子身子一挺，朝远方飞去。

“叶子，到我们这儿来吧，我们这儿有山、有水、有树，还有花，多好！”河岸边的一丛秋菊，向她发出了邀请。

“菊姐姐，你有蜀葵、荷花和一串红的陪伴，不寂寞，我还是到更需要的地方去吧。”叶子抖抖翅膀，继续向前飞去。

“叶子，给我当被子吧，我快冻死啦！”一条毛毛虫，颤抖抖地请求道。

“你这个害人精，我若帮助你，岂不是助纣为虐？”叶子眉毛一拧，气愤地离开。

“救命啊，救命啊！”

突然，耳边传来凄厉的呼救声。叶子定睛一看，原来是一团小蚂蚁，在河水里沉沉浮浮。

不好，小蚂蚁有危险！叶子立刻降落下来，变成一叶扁舟，将小蚂蚁送到岸边。

“谢谢你，叶子姐姐！”获救的小蚂蚁，又是鞠躬又是作揖。

见小蚂蚁感恩戴德的样子，叶子也很高兴，因为她的生命，又一次完美绽放。

发表于 2022 年 1 月《作文指导报》

境界

大家见墙头草在风暴中东倒西歪的样子，问他能不能挺起脊梁，做一个堂堂正正的男子汉，墙头草回答："君有所不知，我这是避其锋芒。因为我知道，面对强大的敌人，最好的办法是先保全生命，再伺机发展。"

昙花的寿命只有三四个小时，大家都很惋惜。然而昙花却不这么认为，她说生命的价值不是长度，而是宽度和厚度，自己的生命虽然短暂，却给人们带来了美的享受。

朋友相聚，有人拿竹子取笑，说他嘴尖皮厚，胸无点墨。竹子哈哈一笑："这正是我有别于你们的地方！知道吗？我嘴尖皮厚是为了适应生长环境，腹中空虚代表着虚怀若谷，弯而不折是柔中有刚的做人原则，生而有节象征着潇洒有节操的君子气度。"

盆景对野草说："你太可怜了，没人观赏，没人疼爱，没有艳丽的容颜，也没有生命保障，我要是你，一天都活不下去！"野草说："你确实很风光，也很招人喜爱。可是你想过没有，过惯了无忧无虑的生活，一旦失去眼前的一切，能存活下去吗？我们虽然命贱，可我们不需要任何人帮忙，就可以生生不息！"

太阳花问夜来香，为什么要在夜里绽放？夜来香说："因为我们需要飞虫帮助传粉。但是亚热带地区白天气温高，飞虫不愿意出来活动，为了更好地生存下去，我们只能在夜里开花。""可是你把花开在夜里，大家也看不到啊，太遗憾了！"夜来香莞尔一笑："朋友，如果为了闻名而不顾生存和发展，才真正遗憾。”

牡丹埋怨道：“人们把梅兰竹菊奉为四君子，我乃国色天香，为什么把我给忘了？”大家批评牡丹：“梅具有傲霜斗雪的特征，是坚忍不拔的人格象征；兰多生于幽僻之处，安之若素，与世无争，是一位谦谦君子；竹刚直谦逊，常被看作不同流俗的高雅之士；菊不与群芳争列，象征着恬然自处、傲然不屈的高尚品格。你呢，你除了脸蛋漂亮还有什么？”

发表于 2021 年第 4 期《优秀童话世界》

尖毛草

“嗨，你好！”

“嗨，你叫啥名字？”

尖毛草刚从泥土里钻出脑袋，就被热情的问候团团围住。

“我叫尖毛草，你们叫什么？”

“我叫黑麦草。”

“我叫三角草。”

“我叫冷蒿。”

“我叫鼠尾草。”

“尖毛草妹妹，我叫狐茅，我们的名字里都有个‘茅’字，我们是一家人！”

“你这什么话？大家在一起是缘分，分什么彼此？再说你的‘茅’跟小妹妹的‘毛’，也不是一个字嘛！”黑麦草不满地说。

“是啊，大家在一起是缘分，应该好好珍惜才对。”三角草连忙岔开话题。

从此，姐妹们亲亲热热地在一起，坐看风起云涌，静观日月更迭，不经意间，三个月已然过去。这个时候，姐妹们大多脱胎换骨，迎来了生命的旺季，只有尖毛草，仍像个襁褓里的婴儿，个头一点儿都没长。大家以为她生病了，纷纷给予安抚，有人还主动帮她遮风挡雨、输送养分。尖毛草很感动，做梦都想跟上姐姐们的步伐。谁知半年过去了，尖毛草还是老样子。狐茅忍不住了，觉得她没出息，要把她从禾本科中清理出去。黑麦草说："喂，你也太不地道了吧，尖毛草已经很可怜了，你还要打击挖苦她，你也只有一拳头高，我们嘲笑过你吗？"

"两位姐姐，都怪我不好，没有解释清楚，其实从出生时起，我一直在努力，只不过这段时期，我把精力都放在根部，现在，我已经扎根20多米啦。"见狐茅和黑麦草又起争执，尖毛草连忙说道。

"20多米？骗鬼去吧！"狐茅一听哈哈大笑。

雨季终于到了。尖毛草像被施了魔法似的直往上蹿，只几天时间就长成两米高的巨人。

仰望着魁梧的尖毛草，黑麦草对狐茅说："现在你明白了吧？无论是奇事还是奇人，在奇迹问世之前就已经有了很深的根基，默默地积蓄力量伺机待发，才是智者的表现。"

发表于2021年11月6日《大丰日报》

不听劝告的小秧苗

“我是小秧苗，身穿绿旗袍，喜欢小雨点，喜欢阳光照。”

和煦的春风里，一群小秧苗兴奋地摇着脑袋，唱着歌谣，欢乐的笑声，引来了几棵稗草。

“秧苗姐姐，你们好啊！”稗草殷勤地打起招呼。

“你们是谁啊？”小秧苗问。

“我们也是秧苗啊。”稗草连忙回答。

“秧苗生活在水里，你们怎么跑到岸上去啦？”小秧苗好奇地问。

“唉，一言难尽。”

“怎么啦，妹妹？”

“我们本来生活得好好的，都怪那头老水牛，不仅糟践我们的家园，还把我们当成美味佳肴，若不是跑得快，我们也被他吃啦，呜呜……”稗草眼睛一挤，流出了几滴眼泪。

“那你们今后怎么办呢？”小秧苗担心地问道。

“姐姐，你们能收留我们吗？跟你们在一起，我们就不怕可恶的老水牛啦。”稗草立即说。

“好，你们就住这儿吧。”

“别，别啊！”田埂上的柳树伯伯连忙阻拦，“别听他们胡说八道，他们根本不是秧苗，是稗草。”

“柳树伯伯，我们可没有得罪您呀，您怎么能瞎说呢？”稗草急忙分辩道。

“是啊，柳树伯伯，您肯定搞错啦，他们跟我们一模一样，怎么会是稗草呢？”

“孩子，千万别被他们的外表所蒙骗，他们不仅跟你们没有半点儿血缘关系，还是你们的天敌呢，把他们留下来，就好比养虎为患啊！”柳树伯伯着急地说。

“不会吧，如果真的是稗草，就凭他们几个，能把我们怎么样？”

“唉，怎么说你们才信呢，真是急死人！”柳树伯伯急得眼泪都快流出来了。

“柳树伯伯，你的话好没道理哎，姐姐收留我们是多大的情分，我们怎么会恩将仇报呢？是不是啊姐姐？哎哟，哎哟，好难受哦，姐姐，快点让我们进去吧！”

“好，进来吧。”小秧苗不顾柳树伯伯的再三劝告，将稗草迎进了家门。

阴谋得逞，稗草撕掉了伪装，开始了疯狂的掠夺。他们利用分蘖强的优势，拼命地分蘖、分蘖，再分蘖，最多的一棵分蘖了四十多个。稗草不仅跟小秧苗争地盘、争养料，还分泌出一种叫作“丁布”的次生代谢物，抑制小秧苗的生长。时间不长，稗草就喧宾夺主，成了秧田的主人。

遇事要多问几个为什么，因为骗子总是在你没有防范的时候乘虚而入。

发表于 2021 年 9 月《红蜻蜓》

向下长的无花果

勒茎无花果树，生长在苏门答腊岛的热带森林里。他们在发芽的时候，对湿度有一定的要求。可是他们的种子非常娇嫩，落地后如果得不到及时浇灌，很快就会被太阳晒干。不过他们毫不气馁，多年的摸索和总结，他们已找到生存的方法。

这天，一阵窸窸窣窣的声音，仙乐般传进他们的耳朵。啊，有救了，有救了！种子们精神一振，拼尽力气齐声喊道："蚂蚁大哥，蚂蚁大哥。"

"谁啊？谁啊？"

听到声响，蚂蚁停下脚步，仔细地寻找起来："哇，原来是你们啊！"

蚂蚁开心极了。勒茎无花果种子，可是自己最喜爱的食物呢！于是敞开肚皮，大口大口地吃起来。吃饱后，又将剩余的种子，一粒不落地运到窝里。

这正是自己想要的结果，勒茎无花果种子非常高兴。在这之前，勒茎无花果种子已经发现，蚂蚁的窝建筑在大树上，风吹不到，太阳晒不到，如果能进入蚂蚁的巢穴，可就万无一失啦！到了一看，果然，蚂蚁的窝既舒服又凉快，特别适合孕育。于是抓住时机，迅速地发芽、生长，长出了无数的气生根。

气生根越长越大，树上的营养已远远不够，只有大地母亲，才能满足他们的需求，于是俯下身子，努力向下长去。这期间，他们遇到了很多天敌，也听到了很多非议。可是他们没有退却，退却了才真是死路一条。长啊长啊，终于，他们投入大地的怀抱，再将大地母亲的乳汁，源源不断地向上输送。有了丰富的营养，勒茎无花果树，蓬蓬勃勃地生长起来，长到后来，就成了祖辈的模样。

换一种方式思维，往往能使人豁然开朗，步入新境；也能使人从“山穷水尽”中看到“柳暗花明”。

发表于2022年2月21日《中小学生报》

木杆、竹竿和秸秆

干妈妈有三个儿子，老大叫木杆，老二叫竹竿，老三叫秸秆。三兄弟既聪明又孝顺，干妈妈吃的穿的和用的，都是他们提供。

不经意间，干妈妈已进入人生的暮秋。为使妈妈的晚年更幸福，三兄弟商量了一下，决定在妈妈过生日的时候，给她一个大大的惊喜。

随后，三兄弟积极行动起来。木杆特地去了一趟东北，选择了一棵有着 400 年树龄的老红松，给妈妈建造了一座宽敞明亮的木房子。竹竿去了一趟武夷山，选择了几根质地细密、气味芬芳的湘妃竹，给妈妈打制了全套家具。秸秆就地取材，用新鲜的麦秆、稻秆和芦苇秆，精心编制了炕席、坐垫、挂帘、麦秆画、小摆设等物品，把妈妈的房子装饰得又温馨又雅致。

过生日那天，到访的亲戚朋友，被眼前的一切震撼了，说干妈妈有福气，三个儿子一个比一个孝顺。有个亲戚还计算了一下，说木房子约值森林币 10000 元，竹家具约值森林币 1000 元，其他小玩意儿约值森林币 10 元。

木杆和竹竿一听喜洋洋的，秸秆低下了头。干妈妈忙说："三子，你给妈妈的礼物又美观又实惠，妈妈好喜欢。"

见妈妈表扬秸秆，木杆说："那些东西算个啥？我制作的根雕、木刻、屏风、砚屏、木版画、木摆件，比草编的东西贵多了！"

"是啊，我用竹子做的笔筒、衣架、杯子、筷子、牙签、花篮、玩具等，畅销国内外呢！"竹竿紧跟着说。

"孩子，你们都很努力，都很孝顺，都是好样的。"干妈妈对三个儿子说。

"对，你们要听妈妈的话，发挥所长，做好自己。"众人连忙附和。

不久，一场百年不遇的山洪，将干妈妈的房子摧毁了。得知这一消息，木杆给妈妈赶制了小木船，竹竿给妈妈送来撑船用的长竹篙，秸秆给妈妈背来了几袋子粮食。

见妈妈每顿都有大米饭吃，木杆竹竿终于明白，民以食为天，三弟对娘的贡献，一点儿都不比自己小啊！

发表于2022年2月12日《大丰日报》、3月21日《中小学生报》

每一棵小草都开花

一年一度的花仙子大会，在风景如画的花都市召开。主持人喇叭花说："姐妹们，今年是花仙子大会十周年嘉年华，为了庆祝这一特殊的日子，我建议大家介绍自己时，最好用一句古诗词进行高度概括，这样既节省时间，又显示出咱们的高洁和高雅。会议结束后，我们可以唱唱歌、跳跳舞、做做游戏，你们看如何？"

"好，这个主意好。"

"既然你们都喊好，那咱们就抓紧时间进行。牡丹，你先发言吧，你被誉为国色天香，大家都喜欢你呢。"

"谢谢主持人。"牡丹款款地站起身子，"唯有牡丹真国色，花开时节动京城。"

"芍药，你是牡丹的朋友，第二个发言的机会，就交给你啦。"

"姐姐，小妹如有得罪的地方，请多多包涵！"芍药朝牡丹作了个揖，"牡丹落尽正凄凉，红药开时醉一场。"

"哈哈，这是诗人的杰作，牡丹不会介意的。"喇叭花笑道，"接下来谁发言呢？对了，梅先来吧，你可是四君子之首呢。"

"好，我就说一句大家耳熟能详的诗吧。"梅花微微一笑轻启朱唇，"宝剑锋从磨砺出，梅花香自苦寒来。"

"这句诗是对梅花的最好诠释，我也很喜欢。"喇叭花把脸转向大家，"桃梨兰菊莲，该你们了。"

"桃花一簇开无主，可爱深红爱浅红？"

“忽如一夜春风来，千树万树梨花开。”

“多画春风不值钱，一枝青玉半枝妍。”

“不是花中偏爱菊，此花开尽更无花。”

“接天莲叶无穷碧，映日荷花别样红。”

……

在喇叭花的安排下，花仙子们纷纷亮相，用最优美的诗句，抒发着心中的感言。

见喇叭花点你点他，唯独不点自己发言，无根萍忍不住了，大声喊道：“主持人，我还没发言呢！”

“你又不开花，发什么言？”喇叭花大嘴巴一撇。

“我开花啊，不信你看。”无根萍连忙说。

“开花？开在哪儿？大家看看，无根萍的花开在哪儿？”喇叭花夸张地笑道。

“主持人，无根萍确实开花的呀，不过她的花非常小，需要用显微镜才能看到。”君子兰提醒道。

“是啊，每一棵小草都会开花，每一朵花最终都会回到草的状态。”野玫瑰紧接着说，“所以不管花开得大或者小，艳丽或者普通，我们都要相互尊重和爱惜，只有这样，才能把地球建设成美丽的大花园。”

发表于 2022 年 1 月 7 日《新江北报》

怕吃苦的榆小弟

一场春雨后，小叶榆又长大了不少。再过几天，他们就要离开这里了。

听说要到新地方安家落户，榆小弟感到很奇怪。哥哥姐姐告诉他，苗圃只是他们的出生地，他们的职责是治沙造林，防止土地荒漠化。榆小弟很高兴，能够帮助人类治理沙漠，是多么光荣的一件事啊！

盼啊盼啊，激动人心的时刻终于盼来了。这天一早，榆小弟就和哥哥姐姐们一起登上了车。

看着飞速闪过的城镇、村庄、田野和山川，榆小弟的心也腾飞起来。他兴奋地畅想着新家的环境、气候、自然风光和规模。想着想着，榆小弟张开了嘴巴，唱起了歌谣。

“来了，来了！”

一阵欢呼，将榆小弟的歌声打断。榆小弟定睛一看，哇，车子被好多人围着，有人还“咔嚓咔嚓”地拍着照片。哈哈，这里的人真热情，跟他们在一起，日子一定很好过！

不一会儿，车子又跑起来，将小叶榆们拉到一个空旷的地带。榆小弟低头一看，他们的新家已经挖好，里面还放着很多养料呢！

榆小弟正准备下车，人们已伸出热情的手，将他们从车子上小心翼翼地抱下来，一一放进挖好的坑里，填上松软芬芳的泥土，然后用脚把土踩实，再浇上清凌凌的河水。

见工人一个个汗流满面，小叶榆们非常感动，决定尽自己最大努力，将这里变成一片绿洲。榆小弟也像哥哥姐姐们那样，把根伸向土壤深处。开头几天，榆小弟还能跟上同伴们的步伐，因为上层的土湿湿的、软软的。可是再往下，土壤越来越硬，水分越来越少，榆小弟花了很大的力气，都没能前进一步。摸着又红又肿的根须，榆小弟改变了行走的方向。

“小弟，根应该朝下长啊。”哥哥提醒道。

“为什么？这样不是很好吗？”榆小弟调皮地蹬了蹬哥哥的脚踝。

“根扎得不深，会被风暴刮倒的。”哥哥解释道。

“没关系啊，刮风的时候，会有人来保护我们的。”榆小弟笑着说。

话音刚落，天突然暗了下来，狂风卷着沙粒，呼啸着蜂拥而至。小叶榆们紧紧地抓着土地妈妈的手，勇敢地抵御着风婆子的袭击，唯有榆小弟，被风刮得前仰后合。

“救命啊，救命啊！”

榆小弟刚喊了两声，人们就赶来了。看到站立不稳的榆小弟，立刻用泥土护住他的根部，用木棍和绳子给他加固。由于抢救及时，小树苗全都好好的。

“哈哈，我说会有人保护我们的吧。”榆小弟得意扬扬地说。

“咱们是没事了，工人却累坏了，小弟啊，咱们应该好好回报人家才是。”大家又劝说起来。

“怎么啦？难道我的个头没你们高？”榆小弟挺了挺身子。

“我们没说你的个头，是说你的根。你看看，你的根都长到地面上来啦！”

“这个哦，没事没事。”榆小弟“嘻嘻”一笑，就把目光转向了别处。

有了这次经历，榆小弟更加懒散了，想怎么长就怎么长，谁的话都听不进。半年后，这里发生了百年不遇的旱灾，好多小河都断流了，土地也张开了干渴的大嘴巴。

“救命啊，救命啊！”榆小弟惊慌地喊叫着。

“唉，怎么办呢？现在连人畜饮用水都有困难啊。”闻声而来的工人，抚摸着榆小弟的枝干无奈地说。

“救命啊，救命啊……”榆小弟的声音越来越小，不几天就变成了一棵枯树。而他的哥哥姐姐们，依然郁郁葱葱的，因为他们的根扎得很深很深，能够喝到甜甜的地下水。

未发表

骄傲的牡丹花

自唐代诗人刘禹锡的《赏牡丹》问世后，牡丹花自豪感爆棚，走到哪儿都以“国色天香”自居，对梅、兰、竹、菊等百花百草不屑一顾。后来，牡丹见老虎当上了百兽之王，孔雀成为百鸟元首，便异想天开，也想弄个“百花仙子”当当。于是向森林公园提出申请，要求开展“百花仙子”评选活动。

牡丹的张狂和无知，让大家很是不爽。森林公园的管理者们商量了一下，决定采纳她的建议，以便敲打敲打她，让她知道山外有山、人外有人。

牡丹开心极了，立刻联系电视台准备实况转播，联系礼仪公司担任活动司仪，联系工艺品厂设计花仙子王冠，联系大酒店举办庆祝酒会，似乎花仙子王冠，已经戴到自己头上。

见牡丹太招摇，芍药担心地说：“你还是清醒点吧，据我所知，参赛的名贵花草不少呢，万一……”

“嗨，不就是‘四君子’吗？怕啥？”

“听说还来了许多奇花异草呢。”

“奇花异草？叫啥？”

“叫啥不知道。”

“那不是无名小卒吗？小菜一碟！”

牡丹嘻嘻哈哈地说着，完全没把芍药的提醒听进去。

数日后，选美比赛在森林广场隆重举行。当喇叭花报出第一个参赛者的名字——天鹅花，众人眼前立刻出现一对高贵优雅的白天鹅，身着浅紫色短裙，踩着轻盈的舞步，旋转着飘上舞台。哇，太美了！太美了！人们纷纷打出高分。

“这不是白天鹅吗？动物也跑过来凑热闹，笑死人了！”牡丹花当即叫起来。

“牡丹，天鹅花跟你一样，也是花儿呀。”喇叭花指着天鹅花说，“不信你来闻闻，天鹅花香得很呢！”

“我怎么从没听说过这种花？”牡丹半信半疑。

“你没听说过的东西多着呢，比如下一位参赛者——白鹭花！”

话音刚落，只见数十朵白鹭花，宛如翩然飞翔的白色飞鸟，飘飘忽忽，娉娉婷婷，将观众的目光牢牢吸引。

“怎么又是鸟儿？”牡丹花再一次发出疑问。

“没见过吧？还有更精彩的呢，请第三位参赛者闪亮登场！”喇叭花亮开了大嗓门。

大幕开启，一群红色的小精灵，有的在比翼齐飞，有的在窃窃私语，有的在翩翩起舞，还有的在暗送秋波呢！喇叭花兴奋地介绍道：“女士们，先生们，这就是著名的鹦鹉花，她们生长在泰国北部、缅甸以及印度东部的狭窄地区，是一种极其罕见的草本植物。”

“哇，竟然有这么好看的花儿！”大家惊呆了，掌声和欢呼声此起彼伏。

“现在请牡丹花上场，现在请牡丹花上场……”

等大家平息下来，喇叭花连忙叫道。可是，哪儿有牡丹的影子呢？骄傲的牡丹花，见冠军无望已悄悄地退出了赛场。

发表于 2022 年 4 月 26 日《新江北报》

椽子的悲哀

紧赶慢赶，房子终于在雨季到来之前建好了。房主人很开心，置办了好几桌酒席，感谢乡亲们的帮助。

满屋的欢声笑语，感染了椽子、桁条和中柱，建房造屋，可是树木最崇高的理想呢！

笑着笑着，第一根椽子皱起了眉头。糟糕，自己怎么蹿到了最前面？不行，得往后退退才是。于是暗暗用力，将身子朝后缩了缩。

第二根椽子正哈哈直乐，突然感觉身子晃了晃，左右一瞄，哈哈，自己已成了排头兵！

“你真傻，被人算计了还在笑，‘出头的椽子先烂’啊！”第三根椽子提醒道。

“啊？对对，唉，真是昏了头！”反应过来的第二根椽子，狠狠地瞪第一根椽子一眼，随即一使劲，将身子朝后缩了缩。这样一来，就把第三根椽子推到了最前面。

“哎哎，你怎么能这样啊？早知道不告诉你了！”第三根椽子很生气，且一鼓作气，朝后退了两三步。

第三根椽子的行为，被第四根椽子看得一清二楚，没等他停下脚步，也开始了行动。如此你退我退大家退，没几天工夫，就齐刷刷地退了四五尺，将保护墙体的任务，交给了芦帘油毡和茅草。椽子是装于屋顶用以支撑芦帘、油毡和茅草等屋顶盖材料的木杆，椽子没了，屋檐的芦帘和茅草就会断离、散落。裸露在外的墙体，半年不到就长满了“老人斑”。尤其麻烦的是，屋檐破坏了，抗击风暴的能力大大减弱。每刮--次风，茅草就被掀掉一大块，时间不长，屋顶就像害了头皮癣似的露出了白色的油毡。到后来，只要刮一点点小风，屋顶就茅草飞舞；只要下一点点小雨，屋里就滴滴答答。房主急坏了，请人维修了好几次，因为椽子不作为，没能解决问题。

不久，这里下了一场大暴雨。暴雨过后，别人家的房屋好好的，唯有这栋房龄不满一年的茅草屋，“哗啦啦”轰然倒塌。房主气坏了，再起房子时，椽子全部启用新材料，而将那些自私自利毫无担当的旧椽子，统统劈成柴火。

未发表

第三辑　奇闻逸事

生活是个万花筒，折射出许多光怪陆离的景象：

茶杯和茶壶争执不休，都说自己最辛苦，贡献最大。唯有茶盘知道，要想实现自身价值，必须恪尽职守、通力协作。

拖把以惨痛的教训告诉我们，不要把自己看得太重，因为发挥失常和跌得最重的人，往往都缺少一颗平常心。

一个和尚挑水吃，两个和尚抬水吃，三个和尚没水吃。那么四个和尚会怎样？答案是：没有奉献精神，人再多也不行！

王大和王二都开饼店，哥哥那里生意兴隆，弟弟那里门可罗雀，究其原因，哥哥守法经营信誉好，弟弟以次充好丢客源。

猪八戒照镜子，贻笑大方事小，事与愿违事大。

一个个神奇故事，讲述着一个个人生真谛，感悟其间的美好，吸取其间的教训，会让我们的心灵更加纯洁，步伐更加稳健，目标更加明确。

茶杯、茶壶和茶盘

主人一离开，茶杯就吵起来："不公平，太不公平了，凭什么你在中心，我们众星捧月般围着你？好像你有多高贵，我们只能当配角或者绿叶。"

茶壶说："你以为我愿意？你们往我面前一站，我的容颜就被遮去一半。你们在我眼皮子底下出尽了风头，我只能默默地站在你们身后，要说配角，我才是呢！"

茶杯说："每一次饮茶，主人总是先让你品尝，等你喝饱了尝够了才轮到我们。一想到茶是从你嘴里吐出来的，我们就恶心得要命。"

茶壶反唇相讥："说到饮茶，你们应该感谢我才是，如果我不洗茶、不泡茶，你们能喝到醇厚甘爽的茶吗？如果我不把茶水过滤出来，你们岂不是要连茶叶一起吞下去？！"

茶杯跳着脚说："感谢你？做梦吧！因为你，我们不知遭受多少委屈。你把茶水泡得太淡或是太浓，太烫或是太凉，主人总是朝我们吹胡子瞪眼睛，而你却啥事都没有，你说我们冤不冤？"

茶壶说："冤枉什么呀，每次我一泡好茶，你们就抢着去向主人献殷勤，同主人肌肤相亲。主人高兴了，还会把你们捧在手上把玩一番，这种待遇，我有过吗？与你们相比，我才是冤大头哩。"

"不管怎么说，主人真正偏爱的是你。"

"是你们。"

"是你！"

“是你们！”

“别吵啦，你们有完没完？”一向好人缘的茶盘再也忍耐不住了，“你们都贪心，主人对你们那么好，每天把你们清洗得干干净净的，放在客厅最醒目的地方，让客人一眼就能看到你们的芳华。你们只要做出一点点贡献，人们都能感觉得到，你们已经很幸福了，怎么还是牢骚满腹？按照你们的逻辑，我岂不是更冤屈？我个头不比你们小，长相不比你们差，可我在干什么？我在你们的脚底下啊！你们所有的光彩，还不是踩着我的身躯绽放的？有了成就，人们只会夸奖你们，我却是无名英雄，从来不被提及。你们可以到处招摇，到处显摆，我却只能原地不动，终身到老，你们说，我冤不冤？”

停了一会儿，茶盘又说：“你们应该知道，我们的职责是为人们提供饮茶服务，茶壶负责饮茶前的准备工作，茶杯负责协助人们轻松品茶，我则是你们温暖的港湾，让你们工作之余有个舒适的寓所。我们其实就是一个整体，一荣俱荣，一损俱损，谁都不能少，谁都不能替代谁。我们只有恪尽职守、通力协作，才能充分体现我们的价值，得到人们的喜爱。”

茶盘语重心长的一番话，说得茶壶和茶杯低下了头。

发表于 2019 年 6 月《东方少年　快乐文学》，入选统编中小学语文教材《伴阅读》三年级下第一册

不自量力

茶壶和汤锅是同时进入主人家的。为了得到主人的赏识，茶壶不断研习茶艺，泡出来的茶香气逼人；汤锅天天琢磨菜谱，做出来的菜芳香四溢。主人很感谢这对伙伴，每次使用完毕，都将它们擦洗得干干净净的。

随着时间的推移，茶壶不平衡了，看到汤锅吃香的喝辣的，直抱怨自己投错了胎。

汤锅劝道："'野泉烟火白云间，坐饮香茶爱此山'，古人常把饮茶同怡情悦性联系在一起，可见茶是多么讨人喜爱。你成天与茶共舞，都快成茶仙了，还有什么不开心的？"

茶壶嗤之以鼻："真是站着说话不腰疼，你大鱼大肉吃着，山珍海味养着，哪里知道我的苦楚？要不咱俩调换一下岗位，你太胖，泡茶可以帮你排出多余的油脂；我太瘦，炒菜可以帮我增加营养，一举两得，多好。"

"不行，你是茶具，我是炊具，我们从出生的那天起，就被赋予不同的使命，随便调换岗位是要坏事的。"汤锅连连摇头。

"还没试验呢，怎么知道不行？对了，你不是要给主人炒肉丝吗，交给我吧。"

没等汤锅同意，茶壶一把夺过食物袋，"哗啦啦"将肉丝全部倒进嘴里，然后"嗨"的一声跳上煤气灶。

"哎哟哟，疼死我啦，汤锅兄弟，快救我，快救我！"

刚坐上煤气灶，茶壶就被熊熊炉火紧紧搂住，炽热的火舌，舔得他龇牙咧嘴、痛彻心扉。可是，还没等汤锅伸出救援的手，茶壶就“嘣”的一声裂开了。

清楚地知道自己能做什么，能做成什么，然后一点一滴地去努力，就可以了。脚踏实地永远胜过好高骛远。此所谓有尺水，行尺船。

发表于 2018 年 12 月《小说月刊》，入选统编中小学语文教材《伴阅读》三年级下第一册

物尽其用

钢妈妈生了三个孩子，老大叫斧头，老二叫菜刀，老三叫绣花针。

为了增强孩子们的竞争能力，三兄弟很小的时候，钢妈妈就对他们进行了严格的训练。在钢妈妈的精心培育下，老大学会了劈柴，老二学会了切菜，老三学会了绣花。

出师那天，钢妈妈特地把大家请来，共同见证孩子们的成长和成就。随着钢妈妈一声令下，老大抡圆了胳膊，老二抬起了手腕，老三亮出了指尖，顿时，“喀喀喀”的劈柴声、“咚咚咚”的剁菜声、“嗤嗤嗤”的绣花声，像一场盛大的交响乐，热热闹闹地呈现在大家面前。敏捷的身手、娴熟的技艺，吸引得人们目不暇接、兴趣大增。

不一会儿，老大面前的木材，变成了长短一致、大小适宜的柴火，整整齐齐地码成一堆，横平竖直、方方正正，不知道的人，还以为是一座城堡呢!

老二面前的食材，变成了一盘喜气洋洋的“双燕迎春”。精细的刀功、精巧的构思、精美的色泽，精致的造型，馋得围观者胃口大开、馋涎欲滴。

老三的作品更加惊艳：一泓碧水清澈见底，三两朵睡莲清香扑鼻，四五只水鸟呼之欲出，十几枝垂柳顾盼生姿……好一幅相映成趣、逸态横生的精美画卷。

“老大归我了，我家正好缺一柄会砍柴的斧头。”

“老二跟我走吧，这么棒的厨艺，不去菜馆太可惜！”

“老三啊，俺那丫头天天念叨着要学绣花呢，有你的加盟，她的愿望一定能实现！”

才艺展示一结束，三个孩子就被慧眼识珠的人相中。铁板子一直仰慕玉麒麟的温文尔雅，见老三被玉麒麟领走，心里很不服气：“哼，不就是绣花针吗，谁不会打磨？”于是打出一根铁棍，放石头上“吭哧吭哧”地磨起来。磨了一个多月，铁棍还是铁棍，样子一点没变。铁板子没辙了，只得向钢妈妈讨教。

钢妈妈笑道：“我让老三当绣针，是因为身体的原因，它那么瘦小，唯有绣花才最适合。你这根铁棍多壮实，既可以当钢梁，又可以做支架，还可以做成各种铁制品，为什么要大材小用？”

“这，这……”铁板子羞愧地低下了头。

发表于 2019 年第 6 期《老山》，入选统编中小学语文教材《伴阅读》五年级下第三册

搓衣板和洗衣机

搓衣板是个勤劳的好孩子，家里的衣物床单和被罩只要有一点点污渍，搓衣板就提醒他们换下来，放到自己的胸脯上仔细地搓洗。

后来，家里购进了洗衣机。主人再洗衣物时，就把衣物放进洗衣机里，再把定时按钮一开，洗衣机就“咕隆咕隆”地转起来，一会儿就把衣物洗得干干净净的。

有了洗衣机后，搓衣板基本处于下岗状态。只有衣物特别少或者领口袖口特别脏的时候，主人才会使用一下。

乍一闲下来，搓衣板很不适应。搓衣板喜欢忙忙碌碌的日子，更喜欢同女主人肌肤相亲。现在女主人移情别恋，把本该属于自己的全部给了洗衣机。每次洗完衣物，女主人总要把洗衣机里里外外擦洗干净，而自己呢，常常是一丢了之。看到洗衣机鲜鲜亮亮的，自己却灰头土脸，心里很不平衡。主人再想使用时，搓衣板不是躲躲闪闪就是消极应付。

见搓衣板不好好劳动，洗衣机问他为什么。搓衣板说：“还不是因为你？你没来之前主人对我多好，我们一块儿洗衣服，一块儿说悄悄话，高兴了，主人还会唱歌给我听。你来了后，这一切全没了。尤其可恨的是，你一干完活儿，主人就给你擦洗身子。我呢，脸上身上沾满了脏兮兮的肥皂泡，主人都不给冲洗冲洗，你说我能没意见吗？”

“搓衣板，你错怪主人了。”洗衣机一听叫道，“因为洗衣机的洗衣桶外面还有个套桶，洗衣水会在这两个桶的夹层中间来回流动。夹层不容易清洁，时间长了会留有大量的污垢。这些污垢藏着各种细菌，细菌在潮湿的环境下繁殖得更快。洗衣服时，细菌会污染衣服并传播到人身上，导致人皮肤瘙痒、过敏，甚至发炎。所以懂行的人，都特别关注洗衣机的整洁，你要理解哦！”

发表于2020年9月15日《农村孩子报》、2021年9月13日《新大中》

手电筒和黑精灵

自从发明了手电筒，人们在夜间行走时，再也不用担心磕着碰着了。

见手电筒破坏了自己的魔力，黑精灵气呼呼地问道：“喂，手电筒，我和你无冤无仇的，为什么要坏我的事？”

“我坏你什么事了？”手电筒丈二和尚摸不着头脑。

“我问你，你为什么要用灯泡照亮我？”

“人类把我们发明出来，就是用于照明的啊。”

“可是你一照明，我就啥事也干不了了！”

“你想干什么事？”

“这，这，不告诉你！”

“我知道了，你想利用黑暗给人们制造麻烦，是不是？”

“是又怎么啦？反正不关你的事！”

“你怎么能有这种想法？人们为了克服黑夜带来的不便，经历了千百万次的研究和实验，才由火把、油灯、蜡烛到白炽灯、日光灯，发展到现在琳琅满目的各种灯具和照明设备，我们应该为人类的发明创造高兴才是，怎么能利用夜晚来做坏事呢？怪不得人们称良心坏的人叫‘黑心肠’，形容万恶的旧社会为‘暗无天日’！”

发表于 2022 年 6 月 6 日《中小学生报》

救命的提示牌

摇摇水壶，水壶比自己还要干渴。摸摸粮袋，粮袋像水洗过一般。如果再找不到水喝，沙漠是走不出去了。为什么要独自出行？为什么不准备充分？独行客痛苦地叩问着。突然，一块木牌跳进眼帘：前方5000米处有水源！

“水，水！”独行客高兴地叫起来。

1米，2米，3米……独行客坚毅地朝前走去。每走一步，都要数出一声，数到最后一个数字时，独行客愣住了，前面除了木牌，啥都没有！

“水呢？水呢？”独行客朝木牌吼道。木牌上的字，十分醒目：前方3000米处有水源！

唉，再相信一次吧，不走更没有希望。冷静下来的独行客，又朝前迈开步伐。1米，2米，3米……每走一步，独行客都默默地数着，好不容易数到3000米，迎接他的还是木牌！独行客气恼地跑上前，却被一行字吸引：前方800米有水源！

800米，放平时也就几分钟路程。现在不同了，现在似乎遥不可及。独行客喘息了好一会儿，才聚集起行进的力量。

走啊走啊，终于走完艰难的800米，可期盼的东西还是没有看到。“该死的木牌，看我不把你踢烂！”独行客气极了，然而脚还没抬起，自己却“扑通”一声倒下。独行客连说话都感到吃力，哪里还踢得动木牌？

独行客绝望了。绝望了的独行客，还想看看木牌上写的啥。这一看，竟看出两行泪来：恭喜你，前方500米是绿洲！

绿洲？独行客抬头望去，哇，一抹绿色，正朝自己招手呢！

有时候，一个温馨的提示，可能会救活一个人。

发表于2020年2月《老山》

拖把和吸尘器

拖把和吸尘器是主人的两个好帮手。只要家里有点儿不洁，他们就主动上阵，吸尘的吸尘，拖地的拖地，不一会儿，房子就变得干干净净的。看着这一对勤劳的好兄弟，主人非常满意，时常夸奖他们是家里的卫生标兵。

一天，一位来访的客人，见主人家的地面光可鉴人，忍不住夸赞：“哇，这么干净，简直可以当镜子使啦！”

主人笑道：“是啊，这都是吸尘器的功劳。”

客人说：“不错，赶明儿我也买一台。”

听了俩人的对话，拖把很不高兴：“喂，怎么把我给忘了？没有我一遍又一遍地擦洗，地面能这么干净吗？”

从此，拖把再不像过去那样尽心尽力了，边边角角等难以打扫的地方看都不看，即便是客厅和门脸等极其醒目的地方，也是蜻蜓点水得过且过。吸尘器提醒他干活认真点，别忘了自己的使命。他不但不听，反而更加消极怠工。没几天，地面就像长满了老人斑似的非常难看。主人见拖把失去了作用，就把他扔进了垃圾箱。

永远不要把自己看得太重，更不要把自己摆放到太高的位置。因为发挥失常和跌得最重的人，往往都缺少一颗平常心。

发表于2020年5月26日《新江北报》、2022年2月1日《农村孩子报》

稻草人

一场春雨一场暖。转眼间，麦子已开始孕育谷穗。

为防备鸟雀祸害，老农在麦地里插了个稻草人。稻草人头戴凉帽，身着长衫，手里还握着一把柳枝条。柳枝条的下端埋在土里，到了稻草人手握的上方，则呈散开状态。远远看去，稻草人就像一名士兵，威武地守卫着自己的疆土。尤其是刮风的天气，稻草人的衣袖就晃荡不停，手中的柳枝条也相互撞击着，发出“簌簌”的声响。过往的鸟雀一看，吓得赶紧逃离。受到保护的麦子，对稻草人感恩戴德。稻草人很开心，觉得自己是天底下最大的英雄。随着时间的推移，稻草人的帽子失去了光泽，衣服也破了几个洞。稻草人不乐意了，恨不能立刻将他们剥离。

见稻草人拼命地撕扯着自己，衣服和帽子急得大叫：“稻草人，快快停手，没有我们的伪装，你会暴露自己的！”

“暴露就暴露吧，没有你们，我照样能看护好麦子！”稻草人不顾衣衫和凉帽的再三劝阻，把自己剥得一丝不挂。

刚脱下衣帽，麦地里飞来一群鸟儿。

“走开！没看见我在这里吗？”稻草人大喊大叫。

“看见了，你不就是稻草吗？能把我们怎么样？”鸟雀们一边“嘻嘻”笑着，一边吃着麦粒。有只鸟儿突发奇想，在稻草人的头上拉了一坨屎。

遭受奇耻大辱，稻草人终于认识到自己的鲁莽。稻草人很想再把衣服穿到身上，可是衣服和帽子已被风刮到远处，怎么够都够不着。这时，天突然暗了下来。鸟雀一看势头不对，“呼呼呼”地全飞走了。稻草人正暗自高兴，风却像一头暴怒的狮子，疯狂地朝自己扑来。稻草人赶紧蜷起身子，抱紧双臂，奋力地抵御着风暴的袭击。可是风实在太大了，一会儿就把稻草人肢解得四分五裂。

望着散落一地的稻草，麦子痛心地说：“唉，你怎么就不听劝告呢？没有衣服的伪装和保护，你哪里逃脱得了鸟雀的眼神？又哪里抵抗得住暴风雨的摧残？”

发表于2022年3月5日《大丰日报》

木匠和板凳

见自己比桌子矮了一大截，板凳叫道："喂，木匠，你会不会干活儿啊？"

"怎么啦？"木匠拿起板凳看了看，"没有问题啊。"

"怎么没问题？我的个子太矮啦！"板凳生气地说。

"不矮啊，桌子板凳之间的最佳高度差为 280 ~ 320 毫米。我取了个中间数 300 毫米，这个高度人坐着最舒适。"木匠一边说着一边做了个示范。

"走开，别坐在我身上！我问你，你们人类不是说'桌子板凳一样高'吗？怎么到你这儿就不执行了？"

"哈，原来是因为这个啊。告诉你吧，那是歇后语，是用来比喻人的地位和权利应该平等，跟你的理解完全不搭界。"

发表于 2022 年第 7—8 月期优秀童话世界

朋友

还是烟雾缭绕，还是举棋不定，一个科长人选，难住了一班子人。会议开了几次，事儿讨论了几回，权衡又权衡，比较又比较，结果依然如前：旗鼓相当，伯仲难分。

领导提议：由群众决定吧，群众是真正的英雄。

问题一抛出，英雄也为难。陈甲和李乙是大家看着成长的，一个积极进取，一个努力向上，都是不可多得的人才。大家想了又想，掂了又掂，最后也回到原点：旗鼓相当，伯仲难分。

领导纠结，同事纠结，当事人却不纠结。陈甲对领导说："李乙有学识有胆识，这样的同志不上谁上？"李乙对领导说："陈甲有能力有魄力，科长的位子非他莫属。"

"多高的素质啊！"领导感叹。

"多好的同志啊！"同事赞赏。

为难之时，网上出现了两个帖子。一个是表扬信，盛赞李乙高尚美德；一个是批评信，狠批陈甲不正之风。

"造谣，谁搞的下三烂？"李乙异常愤怒。

"没事，权当敲个警钟。"陈甲微微一笑。

领导思量开了。

群众议论开了。

是非曲直明摆着：两封信，两个极端，一个夸大其词，一个无中生有。

同情弱者，尤其是遭受冤屈的，是中华民族的传统美德。于是舆论起了微妙变化，且迅速蔓延高度一致。

不久，尘埃落定，陈甲荣升科长，李乙下调基层。

接到任命通知，陈甲兴奋不已，贴着老婆的耳朵说：“亲，告诉你一个秘密。”

“啥？那东西是你写的？”

“哈哈，这叫一石二鸟！”

“太损了？李乙是你最好的朋友啊。”

“傻瓜，不这样做，你能当上官太太？”

真正的朋友，应该肝胆相照。

发表于2015年第4期《杂文月刊》《星光灿烂——2016年中国闪小说佳作选》

这个算不算？

女人在一起，爱情和幸福是永恒的话题。

这不，刚坐下不久，甲就轻抚手指，紧皱眉头："我还是喜欢手指清清爽爽的，不受任何束缚。可是那个人，偏送俺钻戒，说是生日礼物，真拿他没法。"

"我那位更武断，人家刚从新马泰回来，又给报了个欧洲十日游，这不是瞎折腾吗？"乙委屈极了，小嘴噘得高高的。

"男人都这样，有钱就任性。我那广本，大半新呢，说都不说就给换了。宝马有什么好？不一样的烧汽油？一样的四个轱辘？"丙的脸红红的，似乎刚洗了桑拿。

丁轻轻地啜着茶，精致的五官，没一点儿波澜。

"哎，你也开开口啊。"甲对丁说。

"对啊，你那位怎么样？"乙和丙异口同声。

"有啥好说的？过日子呗。"丁的脸上，腾起红云。

"不行，一定得说说。"

"说啥呢？"

"像我们一样，晒幸福！"

"他捐给我一只肾，把我从死亡线上拉回来，这算不算幸福？"

"啊？有这事？"甲乙丙集体沉默。

爱显摆的人，往往最可怜。

发表于2016年第1期《闪小说》，获"汤墅杯"全国微信小说征文优胜奖

王大和李二

王大很有钱，但名声不好，乡亲们都不愿搭理他。王大很难过，但不知道错在哪里，听说蒙城是庄子故里，那里民风淳朴、人杰地灵，就想去取点经，学点做人的道理。

半路上，王大遇到了儿时的玩伴李二，就向他倾诉了自己的意愿。

李二一听忙说："我刚从蒙城回来，有什么问题尽管问我。"

王大说："我把地租给他们种，钱借给他们用，他们不感谢也就算了，还背地里骂我，你说冤不冤？"

李二说："大家都骂你，一定是你的问题。"

王大说："我有什么问题？租地交租，欠债还钱，天经地义！"

李二说："超过额度就不是天经地义了。"

"这……"王大的脸上泛起了红晕。

李二微微一笑："你想改变吗？"

"想。"

"想要改变很容易，你只需记住庄子的话：要像婴儿那样无知，忘掉自身，丢掉各种欲望。你就能处理好利益关系，摒弃各种诱惑。"

王大恍然大悟，留下所有银两，喜滋滋地回家去了。

一年后，王大提着礼物来找李二，感谢他的点拨之恩。谁知李二大门紧锁，邻居说，他搬到城里去了。

"搬到城里去了？"

"是啊，他得了一大笔银子，就拿银子放高利贷，通过利滚利的方法在城里买了房，当起了老板。”

“啊，怎么会这样？”王大一听连连跺脚，“早知道李二也经不住诱惑，就不给他银子了。”

发表于 2019 年第 4 期《蒙城文艺》，获“庄子杯”全国寓言作品大赛优秀奖

四个和尚没水吃

经历了“一个和尚挑水吃、两个和尚抬水吃、三个和尚没水吃”的尴尬后，老方丈又收了一个徒弟，想看看四个人取水会怎样。

老方丈一离开，大徒弟就说道：“咱们轮流挑水吧，我先开始，一人一天，循环往复，你们看行不行？”

“行！”众师弟异口同声。

第二个轮回时，天下起了大雨。看着泥泞不堪的山路，大徒弟心想：下雨天挑水，付出的艰辛要比好天气多得多，不行，必须重想个法子，否则自己岂不亏大了？于是说：“你们有没有发现？一个人挑水很无聊哎，说话的人都没有。我看不如这样，咱们全体出动，两个人抬一桶水，这样既热闹又轻松，还能相互照顾，岂不是一举多得？”

“行！”大家一致赞同。

不久，矛盾又来了。寺庙在山上，水井在山下，抬水上山时，水桶总喜欢往下滑，后边的人觉得不合理，强烈要求轮换位置。可是，四个人个子高矮不一，若把矮个子放后边，别说山路了，平地都不好走，怎么办呢？

吵吵闹闹的声音，惊动了打坐念经的方丈。老方丈摇头叹息：“唉，没有奉献精神，人再多也不行。”

未发表

怪病

罗伯特是一位歌手，出道没几天就遭遇车祸，造成多处骨折。

邻居听说后纷纷伸出援助之手，使罗伯特得到很好的救治。

几年后，罗伯特的事业进入黄金期，获得的报酬呈几何级数增长。罗伯特没有忘记邻居们的大恩大德，帮助家乡修路建桥，还捐建了一所学校。每次回乡，罗伯特总要到乡亲们家里看看，谁有困难都积极帮助。

不久，县里评选形象大使，村长想到了助人为乐的罗伯特。谁知民意调查中，给他说好话的却寥寥无几。

负责调查的小约翰百思不得其解。老约翰听罢笑道："儿子，这还不明白？这是一种怪病。"

"怪病？"

"是啊，一些人就这样，你过得不好，他会同情你、帮助你。而当你超越他了，却又浑身不舒服。"

发表于 2020 年 2 月 16 日《巴中日报》

适得其反

唐僧师徒灵山受封后各赴其任、各司其职，不觉已逾千年。

一日，师徒得到旨意，要在辖区内推举一名先进人物，参加天庭劳模评选。得知评选条件，师徒很是不服。

白马说："师父，我们护送您去西天取经，吃尽千辛万苦，苦历九死一生，没有功劳也有苦劳，没有苦劳也有疲劳。如今评比劳模，我等均在指标之外，实在不公。"

沙僧说："我们统管一方事务，每日谨慎行事，不敢有半点懈怠。上司分配任务，总强调一把手亲自抓、负总责，为何评选劳模就不能一视同仁呢？"

八戒说："如来因我食肠宽大，封我为净坛使者。可如今我已娶妻生子，那点俸禄早已不够家用。听说评上劳模就能加官晋爵，退休还不用削减俸禄，此等好事我们万万不可放过！"

唐僧叹了口气说："想我师徒为取真经，西域周游十四年，所建圣功流传至今。受职为佛后兢兢业业，立下的功劳不在诸神之下，但圣旨不可违背，尔等只好委曲求全了。"

悟空笑着说："你们想当劳模还不容易，只要俺老孙略施小计，包你们都能如愿。"

八戒一听连声催道："猴哥，你有什么主意快点说来，好让大家参谋参谋。"

悟空说："玉帝不是要求推荐一线工人吗，何不在这上面做做文章？"

沙僧说："大师兄，此计欠妥，劳模最后都要报呈玉帝钦定，我们瞒得住诸神，难道还能瞒得住玉帝？"

悟空说："沙师弟不必担心，天上神仙那么多，玉帝哪能个个认识？"

唐僧暗想，悟空的计谋虽有风险，但如果照章办事，吃亏的岂不是自己？于是说："悟空的建议可以试试，但要谨慎行事，万不可走漏风声。"

不几天，唐僧师徒就将推举材料报送上去了。在这些材料上，唐僧成了旃檀功德佛的门童，悟空成了斗战胜佛的侍从，八戒成了灵山寺院的烧火僧，白龙马成了水师头领的马前卒，只有沙僧一点都没隐瞒。

后来的结果是，沙僧虽为官员，却能深入基层，带领群众苦干实干，加之老实本分，品格高尚，故破格入选。其他四人因为弄虚作假、影响恶劣，责令撤职查办。

不属于自己的东西千万别去惦记，更不能不择手段，否则会输得很惨。

发表于2020年2月《老山》

感恩

吃着香喷喷的米饭，人不由得感激涕零："谢谢你粮食，没有你们的无私奉献，我们一天都活不下去。"

粮食笑道："朋友，你应该感谢土地才是，没有土地母亲的孕育，就没有我们的茁壮成长。"

人连忙俯下身子，向土地母亲鞠躬致意。土地听罢连连摇手："错了错了，你应该感谢小河才对，没有河水的浇灌，庄稼还是活不下去。"

人立刻走到河边，谢谢它的养育之恩。小河笑道："还是感谢太阳吧，没有太阳的光，庄稼就不能获取能量，就会像温室里的花朵一样，经不起风吹雨打。"

人随即仰起头来，向太阳拱手作揖。太阳笑道："去感谢种子吧，没有种子，任何努力都白搭。"

人虔诚地捧起种子，种子却跷起了拇指："朋友，你们才是大功臣呢，'谁知盘中餐，粒粒皆辛苦'，没有你们的辛勤劳动，就没有我们的生存基础，更不可能代代相传。"

未发表

二王开店

王大王二是美食家，听说蒙城的油酥烧饼好吃，立马赶了过去。

到了蒙城，正赶上星星饼店的烧饼新鲜出炉。氤氲的热气下，黄灿灿的烧饼汪着油、透着香，看一眼就让人口水直流。二王来不及洗一下手，抓起烧饼就往嘴里塞。哇，味道好极了，香香的、酥酥的、脆脆的。二王越吃越爱吃，直吃得腰都弯不下来，才摸着圆滚滚的肚皮夸奖道：“好吃，真好吃！”

为了留住这美好的记忆，二王决定拜师学艺。店主人一听高兴地说：“好啊好啊，我正想收几个徒弟呢。”

学成归来，王大王二分别在村子的东西两头开门营业，做起了油酥烧饼。他们买来优质精白面粉，挑选最好的食盐、大葱、麻油、芝麻、猪板油等作料，再按照规定的用量和标准进行调配，做出来的烧饼，三里路外都闻得到香味。

诱人的香味，引来了左邻右舍和过往行人。他们拿起烧饼轻轻一咬，立刻跷起拇指啧啧称赞。

烧饼好吃，做起来却不容易。面要和得不软不硬，饼坯要拉长了，擀薄了，馅儿要抹得均匀、适度，炉壁的温度要控制好……所有这一切，都需要足够的细致和耐心。渐渐地，王二不耐烦了，觉得工序太烦琐，太折腾人，就偷偷简化了工序。见大家没什么反响，又在食材上大做文章，偷工减料、以次充好。事情败露后，被有关单位勒令整顿。

王二迷途知返，不但公开道歉，还搞了很多促销活动，可依然门可罗雀。

他的哥哥王大，始终牢记师傅的叮嘱，本本分分做生意，认真认真做人，生意一直红红火火的。

人一旦失去诚信，原谅你容易，再信任却很难。

此作获第二届“庄子杯”全国寓言、闪小说大赛优秀奖。

趣味汉字

门对才说：“你大门不出，二门不迈，有才华也难以展示。”

口对人说：“不管你有多大本事，到了我口里，就得乖乖待着。”

禾对火说：“感谢你的加盟，你一来，我就进入丰收的季节。”

共对米说：“别张扬了，没有我供着养着，你能有今天？”

鱼对羊说：“咱们只有紧密团结，才能成为天下第一美味。”

良埋怨犬：“我原本心地善良，你往我左边一站，就变得凶神恶煞。”

天对口说：“吃东西不能太急，更不能囫囵吞枣，否则会吃坏肚子的。”

士对口说：“你怎么能选择‘文’呢？选择‘文’，大家都不喜欢；选择我，个个笑脸相迎。”

山对山说：“有时候，人多不一定力量就大。比如我和你，垒起来就是个出，分开来却是两座山啊！”

乔对马叫道：“喂，你为什么选‘奇’不选我？”马回道：“选择‘奇’，能为人类做贡献，选择你，岂不是狂妄自大？”

少对力吼道：“走开，快走开！”力很是委屈：“别啊，我是来帮助你的。”少怒目圆睁：“帮什么帮？没有你，我只是能量差一点。你一来，我就素质低下啦！”

才有了新朋友“贝”，就想把“木”赶走，木不解地问：“为什么？咱们不是相处得很好吗？”才鼻子一哼：“‘贝’可以让我身价倍增，你呢，你能吗？”木大叫：“你疯啦？没有我，你拿什么烧火做饭？拿什么建造房屋？”

发表于 2022 年 2 月 8 日《农村孩子报》

有病

临下班的时候，小区来了一个人，朝大门上下左右打量了一番，随即取来撬杠和扳手。

刚准备动手，住户 A 和住户 B 回来了。那人吃了一惊，却听到住户 A 对住户 B 说：“那人在干什么？”住户 B 说：“谁知道，许是维修吧。”

那人暗喜，遂决定留下来相机行事。

不一会儿，住户 C 也到了大门口。那人刚想解释，住户 C 的坐骑已从他身边呼啸而过，只留下一缕尾烟在空中飘荡。

紧接着进门的是住户 D 父女俩。女儿指着那人悄悄地说：“爸爸，那人在偷大门。”爸爸眉头一皱：“别瞎说。”女儿争辩：“就是嘛，他就是在偷大门嘛！”爸爸说：“快走，小孩子别管闲事！”

那人不再犹豫，放开手脚干了起来。

没多久，住户 E 也回来了。那人迎上去说：“同志，请你帮个忙。”

“行。”住户 E 撸起衣袖，帮助那人将大门卸下，抬到不远处的一辆三轮车上。

次日清晨，小区的居民还陶醉在甜蜜的梦乡中。

“不好啦，有人偷窃啦！”住户 E 的惊叫声，将众人从睡梦中惊醒。大家连忙查看案情，发现车库门全被撬开，稍有价值的物品已被洗劫一空。大家又急又气，纷纷拨打 110。

突然，一辆三轮车，“吱吱呀呀”地出现在大家面前。

“是他，就是他！”所有人义愤填膺，训斥的、索赔的、喊打的，嚷成一团。

“别碰他！”随着一声怒喝，来了位气喘吁吁的老汉。

“你是他什么人？”众人问。

“我是他爹。”

“那好，你说这事怎么办？”

“我还想问你们呢，他脑子有毛病，发作时经常会干些匪夷所思的事。你们呢？你们眼睁睁地看着他弄走大门，难道脑子也有毛病？！”

发表于2018年1月27日《大丰日报》、入编《当代闪小说精选 点评本》

应聘

因为车子抛锚，杰明赶到时，已比约定的时间迟到了 10 分钟。

推开门，里面只有几个人，并且都在往外走，难道结束了？杰明的心不觉一沉。

这是家上市公司。出发前，杰明还“百度”了一下，自己应聘的这个岗位，报名的竟有 2000 多人，竞争激烈可想而知。

“面试结束了？”杰明问其中一个人。

“面试个球，改日了！”那人说。

“改日了？为什么？”

“鬼知道！”

杰明没有走，来都来了，不如进去问个清楚。

面试室里只有一个工作人员，看见杰明摆摆手：“回去吧，时间改了，明天再来。”

“为什么？”

“领导有重要活动。”

“招聘工作难道不重要？如果不重要，为什么要在电台、报纸、互联网上大肆宣传？如果不重要，为什么还要一个个通知我们？”

“这……”

“恕我直言，作为经济运行过程中最重要的微观经济主体，其诚信状况不仅直接关系着自身的信誉度，也影响到社会整体的诚信建设。贵公司能够成为世界五百强企业，诚信发挥了巨大作用。而我们对贵公司的向往，也正是基于这宝贵的诚信。可是今天，你们的一句‘时间改了’，就轻松地把我们打发了，其结果破坏应聘者的心情倒是其次，影响公司形象才是大事。”

“好，好。”

一个人拍着巴掌从里间走了出来。

“这是我们的董事长。”工作人员立刻介绍。

“董事长，我……”

“你被录取了。”

“录取了？”

“是啊，这就是面试内容。在你之前，所有人一听说时间改了，问都不问扭头就走。而我们招聘的这个岗位，需要频繁地与人接触，需要良好的沟通能力和交往意识。如果连一句为什么都不敢问，怎么能适应岗位要求呢？”

发表于2017年10月10日《新江北报》

对门

打拼五年，陈果有了自己的家。

家是精装修，拎包就能住。

新锅新灶，鱼肉跳跳。乔迁那天，陈果亲自下厨。

做菜的当儿，陈果不时跑出去，敲敲对门，听听声响，可对门一直沉默着。

没有朋友助阵，喜宴都吃不出喜庆来。陈果摇摇头，放在老家，不定热闹成啥样子。

之后，陈果出了一趟差，回来发现，对门有了烟火气，欣喜之下，当即就想拜访。老婆阻拦："夜半了，不合适！"

对门终于露面了，年纪不大，是个知性女子。

"你好！"

女子轻声招呼道。陈果正在与人争辩，待打完手机，女子已飘然而去。

糟糕，还没回应人家呢，会不会误解啊？陈果很是不安，可两口子都在酒店工作，每日下班回来，已是夜半时分。

一日，陈果中途回家，巧遇优雅的对门。

"你好！"

陈果也像对门那样，轻轻地打了个招呼。可对门浑然不觉，她的注意力，全在手机上呢。

陈果急了，当夜下班，就想去赔个不是。老婆说："这个时候，不妥吧？”

这天夜里，陈果病了，身上像是着了火，喉咙也莫名其妙地疼起来。老婆伸手一摸：“呀，你发烧了，我买药去。”

“看对门有没有药，夜深了，一个人出去不妥当。”

“算啦，又不认识人家。”

也是，邻居半年，除了见过女主人两次，男主人姓甚名谁一概不知，唉，这邻居处的。

不久，大学同学聚会，一进宴会厅，就有人叫道：“陈果，你小子在哪儿发财？”

陈果抬头一看，牛放，上下铺四年的好兄弟。

“海城，你呢？”

“也在海城。”

“住哪儿？”

“金润华府。”

“几栋几零几？”

“15 号楼 806。”

“什么？对门是你？”

“怎么？你是对门？”

人世间最远的距离，莫过于我住你对门，你却浑然不知。

发表于 2015 年 3 月 29 日《昆山日报》、入选《中国当代闪小说精品》

精短寓言集锦

任何发光体，照亮的总是别人。

没有簸箕帮忙，笤帚一事无成。

有时，亲眼所见的东西不一定是真相。

万物都有可用之处，只是缺少赏识的目光。

同一个物体，用对了能造福人类，用错了会带来灾难。

水要开不开时，“咕噜咕噜”直叫唤，烧开了反而不响了。

人最难看清自己。因为自己的容颜只能从镜子或影像中获得。而人在照镜子或拍照片时，展示的总是最美的一面。

前轮常常抱怨后轮，说他速度慢，拖自己后腿。后轮气不过，索性躺倒不干。后轮一罢工，前轮寸步难行。

污垢对肥皂说：“你傻不傻啊？你消灭我们的同时，自己也一步步走向死亡。”肥皂说：“我的任务就是清除污垢，否则，就没有存在的必要了。”

锁对门说：“别看你人高马大的，命运却在我手里握着。我让你开就开，让你关就关。”门说：“别吹牛了好不好？开也好关也罢，得看主人的意愿，你和我都无权决定。”

未发表

猪八戒照镜子

八戒原是天蓬元帅，掌管着三十万天兵天将。后因调戏嫦娥被贬下界，不想错投猪胎，变成猪的模样。

受到惩罚后，八戒没有吸取教训，看到漂亮一点的女子，依然想入非非。

一日，八戒到高老庄办事，巧遇貌美如花的高小姐，立刻尾随其后。见到高太公，八戒纳头便拜，说自己一个人能干几个人的活儿，只要招他做女婿，地里的活儿全包了。

恰巧，高太公正在犯愁，家里田多劳力少，活儿来不及干，见八戒主动请缨，立刻点头答应。谁知成亲当晚，高小姐一见八戒尊容，竟吓得晕死过去。

八戒当天蓬元帅时，除了皮肤稍黑一些外，五官还是很端正的，身材也不高不矮不胖不瘦。见高小姐视自己如洪水猛兽，感到非常奇怪。因为八戒不知道，如今的他，早已面目全非。

疑惑中，八戒照了一下梳妆台上的镜子。这一照，八戒气炸了："什么鬼？把我照成这个样！"随即一记老拳，将镜子砸得粉碎。此后，只要一看到镜子，八戒总是怒不可遏，半年不到，竟砸碎镜子 100 多块。

镜子很委屈，不知道自己做错了什么。玻璃说："你让他原形毕露，他能不生气？"

"他本来就很丑嘛，怪谁？"

"你就不能动动脑子，让他好看一点儿。"

“好看一点儿？除非，哦，我有办法了！”

镜子立刻装上美颜功能，并主动去找八戒，说八戒帅呆了，酷毙了，世上再也找不到比他更好看的了。八戒不太相信，镜子就信誓旦旦：“帅哥，我没骗你，你真的是天下第一美男，不信你照照镜子。”镜子一边说着，一边凑到八戒面前。

八戒定睛一看，哇，朗目疏眉，风度翩翩，活脱脱“小鲜肉一枚”：“这，这是我吗？”八戒简直不敢相信自己的眼睛。

“怎么不是？帅哥，你的容貌，比潘安还要俊美十倍呢！”

“哦，我是美男子喽，我是美男子喽！”八戒高兴极了，“啵”地亲了镜子一口。

从此，只要一有工夫，八戒就掏出镜子照照。只要一看到镜子中的英俊模样，就开心得哈哈大笑。

猪的特征是好吃懒做。天蓬元帅成为猪八戒后，便秉承猪的品性，整天尽想着吃啊喝的。不过，八戒是个爱美的人，知道卡路里摄多了会发胖，于是经常照镜子，看容貌有没有发生改变。欣喜的是，不管什么时候照镜子，镜子中的八戒，永远是那么青春、阳光、帅气。八戒放心了，想吃就吃，想睡就睡，不久，腰腹就像充气的皮球，“嗤嗤嗤”地鼓胀起来。这个时候，八戒更不愿动弹了，遇到敌情能躲则躲。实在躲不过去了，才上去应付一下子。八戒原来就没什么本事，身体发福后体力更不如前，飞又飞不高，跑又跑不快，上阵交手不一会儿，就累得气喘吁吁的，有几次还被妖精捉了去。如若不是悟空救得快，恐怕早被妖精吃了。

取到真经后，唐僧师徒来到灵山，向如来佛邀功请赏。如来见八戒肥头胖耳大腹便便，知道他没出什么力，就把“净坛使者”一职给了他。八戒一听嗷嗷大叫：“如来，你也太偏心了吧，我和猴哥一起保护师父，一起降妖伏魔，为什么他当斗战胜佛，我却是净坛使者？”

如来说："悟空足智多谋、敢打敢斗，为协助唐僧西天取经，做出了巨大贡献，封他斗战胜佛，实至名归！"

"那我呢？难道我就没有贡献？为了保护师父，我好几次差点儿丢了性命，若论吃辛受苦，我比他们两个都要多！"

"是吗，可你胖成这个样子，哪里像吃过苦的？"

"这，这……"八戒脸红了一会儿旋即又说，"那我就跟沙僧一样吧，也当金身罗汉。"

"你还是当净坛使者吧，净坛使者负责贡品的管理，你不是喜欢吃吗？这个职位你最合适。"言罢，如来就与唐僧等人说说笑笑地走了，留下八戒，木桩一般傻愣愣地杵在那里。

一个人要想成功，必须正确地面对自己，不断地修正自己的缺点和不足。倘若采取回避、掩饰，甚至是自欺欺人的方法，那么等待你的则是事与愿违。

发表于2021年11月《杂文月刊》(上)

骄傲的汉字

一直以来，汉字都认为标点符号在沾自己的光，蹭自己的热度。

拼音字母见汉字瞧不起标点符号，就问他为什么。汉字振振有词地说："这不明摆着，我们有 6000 多年的历史，是迄今为止连续使用时间最长的文字，而标点符号呢，满打满算才 100 来年！"

拼音字母说："标点符号出生虽然晚，但他和你们一样，也是人类智慧的结晶啊。"

汉字脖子一梗："我们是大家族，有十万之众呢，而标点符号只有十五六个，不及我们汉字的六千分之一！"

拼音字母说："标点符号数量虽然少，但作用却是非常大的啊。"

汉字鼻子一嗤："大什么啊，没有标点符号，我们依然可以成文。而标点符号呢，离开了我们啥也不是！"

拼音字母说："没有标点符号的文章，阅读和理解都很麻烦的啊。"

"那我不管。"汉字脑袋瓜一昂，"咱们汉字字形藏理，字音通意，正如中国人的文化特质，阴阳互补，和谐统一；咱们汉字结构精巧，意蕴深刻，正如中国人的性格特征，含蓄谦逊，包容豁达；咱们汉字横平竖直，方方正正，正如中国人的做人秉性，顶天立地，堂堂正正。咱们汉字的好，一天一夜都说不完，怎么能跟标点符号相提并论？！"

"汉字大哥，你们确实了不起，但你们应该知道，红花也需要绿叶来衬托的啊，你们只看到自己的优点，看不到别人的优点，长期下去是会坏事的。"

“喂，你怎么尽帮别人讲话？咱们是一家人吗？算了，不和你啰唆了，胡秀才还等着我写招生广告呢。”言罢，汉字立刻调兵遣将，排列出一行文字来：无米面也可无鸡鸭也可无鱼肉也可无银钱也可。

谁知第二天，胡秀才怒气冲冲地跑来：“汉字，你写的啥东西？标点符号都不知道用！”

原来，胡秀才见村里的孩子上不起学，想免费教他们识字。由于没有标点符号，大家就理解成“无米，面也可；无鸡，鸭也可；无鱼，肉也可；无银，钱也可”。而胡秀才的原意是“无米面也可，无鸡鸭也可，无鱼肉也可，无银钱也可”。因为理解上的差异，胡秀才不仅没招到学生，还被乡亲们一顿说。

见自己闯了祸，汉字连忙赔不是，并立刻改正了错误。从此，汉字再不敢轻视标点符号了。

发表于 2022 年 4 月《红蜻蜓》(上)

一根手指

智慧老人突发奇想，决定运用自己的智慧，帮助需要帮助的人。

第一位求助者是个官员，此人在县太爷岗位上任职多年，做梦都想再升一级。听罢诉求，智慧老人竖起一根手指，县太爷刚想发问，老人已做出送客的手势。

第二位求助者是个富翁。此人有良田千亩，房屋百间，家里的银子，几辈子都花不完。可是富翁仍不满足，还想获取更多的财富。智慧老人竖起一根手指，随即将他打发出去。

第三位求助者是个农夫。农夫的母亲害了重疾，头昏脑涨，高烧不退，咽喉肿得水都喝不进去。农夫心疼极了，恨不能把母亲的病痛抓到自己身上。“不急不急，有你这番孝心，令堂的病一定会好的。”智慧老人连忙安慰，随即竖起一根手指。

一根手指是啥意思？求助回来，三人都陷入了沉思。经过紧张思考，县太爷的结论是一年之内就能升职。为了实现这一目标，县太爷不顾民众死活，动用赈灾的银两跑官要官，最终落个身败名裂的下场。

富翁把“一根手指”理解为全县首富。为了尽快敛财，不惜采取偷工减料、假冒伪劣、欺行霸市等下三烂手段，最终因失去诚信，生意一落千丈。

智慧老人的一根手指，在农夫这里是“一枝黄花”。因为一枝黄花具有疏风泄热、解毒消肿之功效。农夫得到点拨，立刻上山采药，用新鲜的一枝黄花，熬成汤汁给母亲服用。服了两三天，病就好了。

见自己给出的答复，只有农夫一人领悟，智慧老人忍不住感叹：“唉，怎么会这样呢？其实，我要告诫县太爷的是‘为官一任，造福一方’；告诫富翁的是‘良田万顷，日食一升’啊！看来，人一旦染上私欲，就变傻了。”

未发表

第四辑　漫画解读

漫画和寓言有很多相似的地方，两者都喜欢采用夸张、比喻、象征、对比等手法，讽刺、批评、调侃或歌颂某些人和事。

漫画可以把古今中外的人物邀集到一起，让他们在同一个画面上演绎出奇异怪诞而又意蕴深邃的闹喜剧。

寓言也可以通过穿越和想象，将真实的和虚幻的人和事组合到一起，借此喻彼、借远喻近、借古喻今、借小喻大。

漫画看似简单，然而每一根线条、每一个图案，都具有深刻的含义，给人以教育和启迪。

寓言虽然短小，然而每一个文字、每一个标点，都蕴藏着不同的人生感悟，有着极强的表现力和感染力。

如果把漫画转变为寓言，用生动幽默的文字写出漫画的主题，以及漫画所蕴含的道理会怎么样呢？让我们一起试试吧。

比儿子好多了

儿子升了职，涨了薪，给家族带来了巨大的荣耀。遗憾的是，升职后的儿子一直很忙，难得回家一趟。

看不到儿子，爹娘虽然想得厉害，却一次都没有流露。儿子的前程重要，咋能光想着自己？好在农村事儿多，要种口粮田，要养鸡和鸭，还有数不清的家务活儿要做，絮絮叨叨忙忙碌碌的，日子也就一天天地过去了。后来，老爹去了另一个世界，把三间老屋留给老娘一人。老娘爱热闹，身边突然少了个说话的人，少了个知冷知热相依为命的伴儿，寂寞就像春天的野草，在心里疯长着。尤其是生了病，或者是遇到了困难，更觉得孤独无助，于是抱怨儿子，说他不懂事，不孝顺。没办法，儿子就买了个机器人，让它代替自己孝敬老娘。

机器人长相可爱，嘴巴甜蜜，一天 24 小时守在老娘身边，随叫随到，任劳任怨。每天天不亮，机器人就开始准备早饭，然后伺候老娘洗脸梳头用餐。早餐后，机器人会按照老娘的指令，或扶着她到院子里晒晒太阳，或扶着她到邻居家唠唠嗑，或扶着她到街上购购物，或扶着她到饭馆打打牙祭。总之，只要是老娘想要的，无不尽心尽职。最神奇的是老娘不舒服了，机器人会帮她捶捶背、揉揉腰。老娘想儿子了，机器人会亮起歌喉，唱歌跳舞做游戏，直至老娘开心为止。

自从有了机器人，老娘不再寂寞了，吃饭有滋有味了，日子充实有趣了，身体也渐渐硬朗了。邻居们见老娘肤色红润、心情愉悦、行为敏捷、思维活跃，都夸机器人能干，会照顾人。老娘哈哈笑道：“可不是，我这个机器人，比儿子好多了！”

（选自韦荣景漫画《老人与机器人》）

发表于2021年11月20日《大丰日报》

如此推销

张三和李四是卖鸡蛋的。

张三的摊位前摆着个纸板子，上书“鸡蛋”二字。李四的摊位前也有个纸板子，上书“笨鸡蛋”三字。

张三招呼道：“卖鸡蛋喽，卖鸡蛋喽！”

李四招呼道：“卖笨鸡蛋喽，正宗的笨鸡蛋哟！”

行人一听“笨鸡蛋”三字，纷纷拥到李四面前，他一斤你二斤的，一会儿工夫，鸡蛋就卖完了。而张三的鸡蛋，直到太阳落山也没卖出去几个。

第二天，张三和李四又早早地摆好摊位。这次，张三的招牌是“智能鸡蛋”，李四的招牌是“富硒鸡蛋”。

张三喊道：“喂，卖鸡蛋喽。智能鸡蛋，美味相伴，生鲜好营养，吃了能让你的孩子更聪明、更活泼！”

李四喊道：“喂，富硒鸡蛋，具有延缓衰老，提高免疫力的功效，吃了富硒鸡蛋，一定能让你多活 50 年！”

二人的喊叫，特具感染力。谁不想孩子聪明呢？谁不想健康长寿呢？于是不到 1 小时，张三和李四的鸡蛋全部售出。

第三天，张三和李四又来了。这时，张三打出的招牌是“太空鸡蛋”，李四打出的招牌是“纳米鸡蛋”。

张三吆喝道：“喂，太空鸡蛋，无污染，纯绿色，营养丰富，口感纯正，保管你越吃越爱吃！”

李四吆喝道：“喂，纳米鸡蛋，采用了顶尖技术，具有美白养颜、明目增高之功效。走过路过不要错过，错过这个村，就没这个店喽！”

众人一听，太空蛋纯绿色无污染，纳米蛋好处多多，不买岂不可惜？于是围拢过来，将二人的鸡蛋瓜分一空。没买到的还在惋惜，恨自己来得太迟，叮嘱张李二人明日多带些鸡蛋来。

第四天，张三和李四刚进城，就被在场守候的执法人员截住。原来他们的鸡蛋很普通，跟智能、富硒、太空、纳米完全不搭界。

做生意失去了诚信，也就失去了做人的最基本原则。

（选自陈景凯漫画《各显神通》）

发表于2022年第1期《歌风台》

都成了低头族

童童刚上学，父母就给他报了补习班，周一到周日，安排得满满的。童童有意见，父母对他说："孩子，少壮不努力，老大徒伤悲，咱们不能输在起跑线上啊。"

童童问："那我玩儿的时间呢？"

父母说："别的同学也没玩儿啊，不信你问问，他们报的班说不定比你的还要多。"

童童一打听，哇，全班同学，没一个不补课的，有的一天要上两三个补习班呢！

为方便童童学习，爷爷奶奶被请了过来，一个负责后勤，一个负责接送。如此，童童除了完成学校作业外，还要完成补习班作业，晚上常常要做到10点钟以后才能休息。童童的父母也不轻松，要帮孩子批改作业，要完成老师布置的贺卡、书签、班报、展示才艺的App等。

"双减"文件下发后，小学生作业少了，补习班也得到了有效控制。现在，童童只保留钢琴和书法两个兴趣班，玩儿的时间有了，睡眠也得到了保证。

孩子轻松，父母也轻松。前段时间，因忙于孩子，微信看得少，冷落了许多人，现在有时间了，得把亏欠补回来。工作群、同事群、同学群、家庭群、亲戚群、朋友群、闺密群、美食群等，夫妻俩各有十几个群，还有数百个微信好友。每日单问好、发表情包，都要好长时间。倘若再聊天，看鸡汤文，时间就更长了。

爷爷奶奶也是手机控。因报了老年大学音乐班和广场舞班，课后老师会把所教的歌曲和舞蹈视频发到群里，让学员们回家复习。另外，老家的亲友需要保持联系，微信来了需要回复，于是看手机回信息，也成了二老的常态。

见大人都有手机玩儿，童童也吵着要。妈妈笑道：“你要手机干吗？”

“给同学打电话啊。”童童振振有词地说。

“你们天天见面，有必要打电话？”

“有啊，现在我就想给同学打电话！我还要有自己的微信，因为我们有班级群、小组群和朋友群，没有手机，多不方便？”

被缠不过，妈妈只好给童童买了手机。从此，只要一有工夫，爷爷奶奶就掏出手机，跟着音乐视频学唱歌，跟着舞蹈视频学跳舞，跟老家的人聊聊家常、叙叙友情；爸爸妈妈就会点开各种群，问候、回复、浏览文章，帮助参加竞赛或评比的亲友点赞、投票、评论、打赏等。童童呢，除了跟同学互动外，更多的是看小红书，玩手机游戏。一家人各玩各的，互不干扰、互不侵犯，矛盾没有了，后遗症却来了。

首先出症状的是爷爷奶奶，头发昏、眼发花，腰背酸疼酸疼的，人也没了精气神。

爸爸妈妈身体倒没明显症状，却因为沉迷于手机而荒废了学习，忽视了对孩子的教育。

影响最大的是童童。只要一拿起手机，天塌下来都不知道，琴不肯练，字不肯写，作业不肯做，就连最喜爱的体育活动也懒得参与。尤其可怕的是视力下降得厉害，书本要靠得很近才看得见。父母害怕了，连忙召开家庭会议，商讨应对措施。

父母是孩子的第一任老师。父母做好了样子，孩子就错不了。

（选自邱天行漫画《儿子双减之后》）

发表于 2022 年第 1 期《歌风台》

你也过生日？

儿子一周岁生日，女人特意买了生日蛋糕，买了儿子最喜爱的火腿肠。

“你们聚吧，儿子今天过生日呢，不好意思啊。”临下班，女人推掉了好几个密友的约请，点儿一到，拎起包包就往家赶。

“汪汪——汪汪——”

一出电梯门，儿子的声音就从屋里传来。

“儿子，乖儿子，妈妈回来了。”女人慌忙打开门。

“汪汪——汪汪——”，儿子飞快地迎上前，两只前爪，轻轻地抱住女人的腿，黑宝石一般的大眼睛，一眨不眨地望着女人，嘴里还“唔唔唔唔”的，一副小可怜的样子。

“乖，我的小乖乖，妈妈给你过生日！”女人醉了，一把抱起儿子，“叭叭叭”亲了好几口。

安抚好儿子，女人拿出蛋糕，点上蜡烛，摆好火腿肠，再把儿子抱到腿上，轻轻地哼起了生日歌。然后，女人将儿子的两只前爪合到一起：“儿子，许个愿，许过愿后就开吃。”

“唔唔唔”，儿子立刻哼了几声。

“知道啦，你是想每天都快快乐乐的。放心，妈妈一定会满足你的，来，宝贝，咱们吹蜡烛。”女人“呼”的一声将蜡烛吹灭，随即叉起一块蛋糕，送到儿子嘴里。

“我喜欢你冷冷态度，面对我的小招数……”突然，女人的手机唱起了《海绵宝宝》。女人滑开屏幕，母亲的声音急急地传来：“喂，囡囡，你咋还不来？”

“有事吗？”

“我过生日啊，六十岁生日，前几天我就跟你提过，忘了？”

“真巧，我儿子也过生日呢！”

“你儿子？”

“呵呵，就是小泰迪。”

“什么？你，你……”电话那边，传来急切的呼吸声。

（选自陈景凯漫画《不该忘的忘了》）

发表于2022年第1期《歌风台》

人面不知何处去

桃红复含宿雨，柳绿更带朝烟。

飞驰在3月的桃花大道上，青竹的心犹如这雨后清晨，纯净而美好。早听同事形容，区行政中心的桃花姑娘，相貌比桃花还要美，青竹想趁办证的机会，见识一下这位姑娘。青竹要办的证件，就在桃花姑娘服务的窗口。于是吃完早饭碗一丢，青竹就跨上摩托，“突突突”地出了门。

到行政中心一看，才8点45分，上班的人就陆陆续续地来了。不一会儿，各服务平台，便进入紧张而有序的工作状态。青竹愉快地想，自己排在队伍的最前面，如果顺利，半小时就能办成。

不知不觉，时间过去了一刻钟，性子急的人发起了牢骚。青竹虽然没有抱怨，心里也火烧火燎的，怎么办啊，上午还有两节课等着自己去上呢！

“嘀嗒嘀嗒”，时针已指向9点30分，桃花姑娘还是踪影不见，唉，课时不等人啊，办证的事先放一放吧。

上课备课批改作业，青竹看似平平静静，心里却闹腾得厉害。家里急等钱用，有了房产证，就可以抵押贷款了。于是这一天，看时钟就成了青竹工作以外最重要的事情。

心急如焚中，该上的课终于上完了。青竹跟校长打了个招呼，摩托车一推就上了路。

赶到行政中心，想见的人还是踪影不见。是如厕了？还是处理别的什么事了？服务台前乱糟糟的，说什么话的都有。青竹向工作人员打听，得到的答复是可能回家了吧。

“回家？不是还有一刻钟才下班吗？怎么能擅离职守？”

“谁知道啊，也许是有事吧。”

“有事就可以迟到早退？”

桃花姑娘的美好形象，在青竹心中一落千丈。

（选自陈景凯漫画《晚9早5》）

发表于2022年1月22日《新西兰微型小说选辑》、2022年第1期《宿豫文艺》

一元硬币

一元硬币，在熹微的晨光中闪耀着银色的光辉。

银色的光辉，吸引了一位晨练的老人。

老人想起儿时唱过的一首歌：我在马路边捡到一分钱，把它交到警察叔叔手里边。于是，老人决定守在这儿，等候丢失的人过来领取。

“哈，出门见财，好运要来！”

随着一声大笑，这枚硬币，被两根粗壮的手指稳稳地捏起。沿着手指往上看，是一位中年汉子。

“钱是你丢的？”老人问道。

“不是。”

“那就放下。”

“为啥？”

“别人的东西不能拿。”

“管他谁掉的，我捡的就是我的。”

“请你自重，君子爱财，取之有道！”

“哟，不就一块钱吗？还上纲上线了？”

“对你这种人，就是要上纲上线！”

“得，我丢下，我丢下还不成？”

“咦，一块钱！”

惊呼声中，硬币到了一位妇人手中。

“钱是你丢的？”老人问道。

“不是。”

“那就放下。”

“为什么啊，一元钱能买两个馒头呢。”

“不是你的就别拿。”

“要不这样吧，两个馒头分你一个。”

“放下，请你放下！”

“唉，真是个死脑筋！”

“太阳当空照，花儿对我笑……”

突然，一阵悦耳的歌声，传进老人的耳中。

“小朋友，请你过来一下。”老人连忙喊道。

“爷爷，您需要帮助吗？”孩子蹦蹦跳跳地来到老人面前。

“孩子，如果你捡到一块钱，会怎么处理？”

“交给老师啊。”孩子毫不犹豫地说，“我们学校有个爱心捐助箱。”

“嗯，这个主意好。”老人高高地举起了手，“孩子，我捡到了一块钱，请你帮我捐出去。”

几经周折，一元硬币，终于去了该去的地方。

（选自王铎漫画《谁掉的一元钱？》）

发表于 2022 年第 1 期《宿豫文艺》

今天您过生日

早餐桌上，儿子说：“妈，今天您过生日，晚上多烧几个菜。”

“嗯。”老人应道。

“妈，今天您过生日，家里整干净点儿。”儿媳说。

“嗯。”老人应道。

“奶奶，今天您过生日，要穿好看的衣服去接我哦。”孙子说。

“嗯。”老人应道。

临出门，儿子叮嘱：“妈，做点肉圆吧。”

“行。”老人应道。

儿媳叮嘱：“妈，别忘了老母鸡炖蘑菇哦。”

“行。”老人应道。

孙子叮嘱：“奶奶，我想吃清蒸鲈鱼，还想吃啤酒鸭。”

“行。”老人应道。

儿孙们出门后，老人也出了门，买了鱼、买了肉、买了鸡和鸭，还买了时令菜蔬。

回到家，老人没敢喘口气，就热火朝天地干起来。等把肉圆做好，把鸡鸭鱼清洗好，把房子打扫干净，浑身已没一点儿力气。老人这才想起，早饭还没吃呢！刚拿出饭碗，时钟响了。时钟一响，意味着孙子就要放学。接孙子事大，饭少吃一两顿算个啥？毫不犹豫，老人又一次出了门。

跑到楼下，老人想起，孙子要奶奶穿好看衣服呢，可自己身上汗津津灰扑扑的，哪里见得了人哦。老人又“噔噔噔”地爬上楼，洗了脸，换上了干净衣服。

“奶奶，你怎么才来啊？”孙子不满地问。

“对不起啊，奶奶不好。”老人汗流浃背、气喘如牛。

安顿好孙子，老人挥起了锅铲、拧开了煤气灶，一时间，厨房里热气蒸腾。

“哇，好香啊！”

“哇，真香啊！”

饭菜刚做好，儿子儿媳双双进了门。

餐桌上，儿子提议：“妈，拿瓶酒来，过生日没酒咋行？”

“好。”老人一边答应，一边起身。

“妈，给我拿瓶红酒。”

“好。”老人一边答应，一边起身。

“奶奶，给我拿瓶可乐来！”

“好。”老人一边答应，一边起身。

伺候好儿孙的吃喝，老人才给自己盛了一碗饭。

“妈，快点把饭桌收拾好，再切一盘子水果来，我闺密马上要来看您。”饭还没到嘴里，儿媳的指令就来了。

“看我？”老人有点疑惑。

“是啊，您不是过生日吗？”

“哦。”老人立刻站起身。

“妈，苹果、梨子和橘子各弄一盘。”儿媳补充道。

“妈，给您孙子热一杯牛奶啊。”儿子补充道。

“奶奶，牛奶里要加蜂蜜哦。”孙子补充道。

望着客厅里的一家三口，老人摇了摇头。

“妈，我给您点播的歌曲开始了。”

“奶奶，快来听啊，是薛之谦唱的。”

“妈，妈！”

“奶奶，奶奶……”

声声呼唤中，老人眼睛一花，软软地瘫坐到地上。

（选自陈英远漫画《妈，给你点的歌开始了！》）

发表于 2022 年第 1 期《宿豫文艺》

洗脚

傍晚时分，村委会主任来了，告诉张大爷，明天领导要来慰问，让他在家等着。

听说领导要来，张大爷的身子，禁不住抖了一下。去年这个时候，张大爷已享受过一次厚爱。那日，村主任一早就来帮助收拾屋子，完了对张大爷说："老爷子，领导亲自登门慰问，咱得出门迎候才是。"言罢将张大爷拽出门外，在寒风中等了将近一个小时，才把领导们等来。当晚，张大爷就病倒了，咳声惊天动地，高烧发到40多度，若不是邻居发现得早，恐怕早到马克思那儿报到了。吸取教训，第二天一起床，张大爷就把毛衣毛裤、棉衣棉裤、棉鞋棉帽子、棉大衣棉手套等用得上的衣物，统统套上身。

不一会儿，村主任来了，看着张大爷哈哈直笑："老爷子，你是不是把衣服都穿身上了？"

"嘿嘿，年纪大了，怕冷。"

"你脸上汗津津的，还冷？"

"不是要到门口欢迎领导吗？我怕受凉。"

"放心，今年在家里拍照，冻不着你。老爷子，我看你家里挺干净的，不用再拾掇了，你先坐会儿，我帮你烧锅开水。"

"主任，开水和茶叶我都准备好了。"

"嗨，开水不是喝的，是给你泡脚用的。"

"泡脚？"

“是啊，领导要给你泡脚呢。”

“那哪成？我这脚，狗见了都嫌臭，怎么能让领导洗？不行，绝对不行！”

“要不，咱先洗洗？”

“洗洗。”

当即，村主任找出洗脚盆，勾兑好洗脚水，扶着张大爷稳稳坐下，然后一把扯掉袜子。“呀呀，臭死了，臭死了！”村主任捏着鼻子叫道，“老爷子，你昨晚没洗脚吧？”

“嘿嘿，我的脚有些日子没洗了。”

“幸好你提醒，否则，还不把领导熏着。”

“我自己洗吧，别脏了你的手。”

张大爷推开主任的手，从脚面到脚底，从脚指头到脚后跟，仔仔细细认认真真搓了一遍，直搓得皮肤发红，水面上漂了一层污垢和皮屑，才将脚提出来。村主任连忙换上干净的水，再将张大爷的脚重新放进水中。刚摆好姿势，门外响起了汽车的喇叭声。不用说，领导们来了！

（选自蓝波漫画《作秀》）

发表于 2022 年第 1 期《宿豫文艺》

承诺

明媚的阳光，倾泻在大陈小陈身上。

大陈和小陈，正在玩亲子游戏。

突然，小陈对大陈说：“爸爸，等我长大了，一定孝敬您！”

“啥？你说啥？”

“等我长大了，一定孝敬您！”

“好儿子！”大陈高兴极了，一把将儿子高高举起，立时，“咯咯咯”的笑声四处荡漾。清脆的笑声，把大陈的思绪拉到了儿时。

那日，阳光也很明媚。明媚的阳光下，大陈骑在父亲的背上，“驾驾驾”地当起了骑士。不一会儿，大陈感觉衣裤湿漉漉的，低头一看，父亲的背上热气蒸腾，像刚洗过桑拿一样。懂事的大陈，贴着父亲的耳朵说：“爸爸，等我长大了，一定孝敬您！”“好儿子！”父亲高兴极了，一把将儿子举过头顶。那时，父亲英俊潇洒、玉树临风。

后来，大陈考上了大学。入学路上，父亲慈爱的目光，一直定格在大陈身上。大陈心里一暖，搂着父亲说：“爸爸，等我工作了，一定孝敬您！”“好！”父亲高兴得直点头。那个时候，鱼尾纹已爬上父亲的眼角。

研究生毕业后，大陈谋到了一份很好的工作。开心的父亲，特意举杯庆祝。望着父亲的满头白发，大陈当即表态：“爸爸，等我赚钱了，一定孝敬您！”“好，好。”父亲高兴地应道。

一年前，父亲打电话给大陈，让他回家一趟。那时，大陈刚刚升任部门主管，工作千头万绪，于是承诺父亲，忙完就回去。谁知第二天，父亲病逝的消息，就从电话那端传来。

原来，父亲早就病了，为了不影响儿子的工作，一直隐瞒着。后来知道快不行了，才提出想见儿子最后一面。谁知……匍匐在父亲的遗像前，大陈心如刀绞。

如今，大陈也当上了父亲，小陈也学会了承诺。熟悉的场景让大陈不寒而栗，儿子会不会也像自己一样，光有承诺没有兑现？

（选自王玉才漫画《等我……》）

发表于 2021 年 12 月 11 日《大丰日报》

短命的婚姻

小丽和小杰热恋了一年后，决定步入婚姻殿堂。

结婚前，小丽打电话给小杰，想再去新房看一看。小杰领旨，当即开来车子，喜滋滋地带着小丽直奔新房而去。

新房选在名校附近。小丽说：“好学校才能教出好学生，咱们的孩子，绝不能输在起跑线上。”

新房面积有 200 多平方米。小丽说：“咱们的婚房要有茶室、琴房和棋牌室，有了孩子后还要请保姆，孩子也要有自己的活动空间，所以房子不能小。”

新房富丽堂皇、应有尽有。小丽说：“房子是百年基业，装潢马虎不得，材料一定要拣最好的买，这样才能环保、安全、不落伍。”

视察完新房，小丽搂着小杰脖子说：“亲，把喜宴放在长安大酒店吧，‘长安长安，长久平安’，多吉利啊！还有，迎亲的车辆不能少，最好能排成一条长龙，这样才有气势。另外，宴席不能少于 50 桌，客人多才热闹、才喜庆。至于红包啊、喜糖啊、烟花爆竹啊什么的，也要多多益善。总之，结婚是人生大事，只有把什么事都考虑周全了，才能保证咱们的爱情永不褪色。”

“是是是，行行行，好好好！”小杰一迭声地答应着。

婚礼这天，当地最高档的五星级酒店长安大酒店，彩旗飘飘人声鼎沸，迎亲的车辆排满了一条街，庆贺的爆竹燃放了很长时间。最新奇的是新娘的婚纱，裙裾拖在地上足足 3 米长，尽管有伴娘帮忙，尽管小心又小心，小丽在走红地毯时还是绊了个大跟头。

度完蜜月，小杰将一张欠款单拍到小丽面前。购置新房时，小杰父母的钱包就已掏空，彩礼、婚礼等费用都是借来的。小杰的父母已经退休，亏欠的数十万元钱如果都让父母还，100 岁都还不完。

“你们欠下的债凭什么让我还？凭什么？”小丽一听急了。

从此，小两口不再琴瑟和鸣，一天一小吵，三天一大吵，两个月不到，就分手了。

（选自陈景凯的漫画《日子没有长》）

发表于 2022 年第 1 期《澳华文学》

传声筒

老伴儿去世后，老汉像丢了魂似的，饿了不知道做饭，冷了不知道添衣，整天浑浑噩噩的，做什么事都提不起精神来。少年夫妻老来伴。儿子虽然常来问候，然而儿子毕竟有自己的事情要做，哪能天天陪在身边？

这天，老汉遇到了小学同学李奶奶。

李奶奶同自己一样，老伴儿也走了半年多。相同的境遇，将两人的心拉近了。相处几个月后，两人决定搬到一起。

谁知，当老汉征求儿子意见时，儿子竟吓了一跳。不过，儿子很快就平静下来，说："行，我没意见。"

老汉高兴极了，儿子通情达理，真好！

老汉的孙女，读小学一年级。一般情况下，早上由她爸爸或妈妈送，下午老汉接。第二天，老汉去接孙女时，特意买了她喜爱的零食和玩具。

"宝宝，宝宝。"放学的队伍一过来，老汉就招起了手。可是，孙女没有像往常一样扑向他。

"宝宝，怎么啦？"老汉疑惑地问。

"你再和李奶奶好，我就不认爷爷你了！"孙女伶牙俐齿地说。

"啊！"老汉惊呆了。过了一会儿，老汉问，"为什么啊？"

"因为有了李奶奶，你就不再爱我了！"孙女的话，理直气壮。

"不会的。"老汉连忙说，"李奶奶可疼你了，这个还是她给你买的呢。"老汉灵机一动说了谎。

"真的吗？"孙女仰着小脸问。

"真的，骗你是小猫。"

"好，那你还是我的爷爷。"

第三天下午，老汉踩着轻松的步子，准时来到学校。谁知，孙女同昨天一样，又发起了小脾气："爷爷，你再跟李奶奶好下去，我就不理你了！"

"怎么啦？咱们昨天不是说好了吗？"

"昨天说的不算，谁知道李奶奶是什么人！"

"李奶奶可好了，不信我现在就带你去看她。"老汉不由分说，将孙女带到李奶奶家。

见到小客人，李奶奶可热情了，水果、点心、瓜子堆了一桌子。安顿好祖孙俩，李奶奶又到厨房忙活起来，一会儿就整出五六个菜。危机解除，老汉悬着的心放下了。

当晚，老汉从儿子家出来，走到半路，想起钥匙忘在儿子家，立马反身往回走。走到儿子家门口，听见儿子在发火："谁让你到李奶奶家去的？我不是跟你说了吗？爷爷不娶李奶奶，工资全是咱们的，爷爷娶了李奶奶，工资就被人家分走啦！"

啊，原来是这样！老汉的头，尖锐地疼起来。

（选自姬大利漫画《幕后操纵》）

发表于 2022 年第 1 期《澳华文学》

感悟

某公从小就显示出超强的语言表达能力。从幼儿园到大学，校园里只要有诗歌朗诵、成语接龙、演讲比赛等语言类竞赛活动，都会有某公活跃的身影。而且只要参与，必定会获得最高奖项。至于学校里的国旗下讲话，学校和班级的文娱活动主持，校际的大学生辩论会等，某公更是必定人选。由此，某公一直深受大家的喜爱，各种奖状证书贴满了家里的几面墙。某公很得意自己的口才，觉得说话是一种本能。

大学毕业后，某公进入一家大型跨国公司。见面会上，某公洋洋千言的入职宣誓，瞬间亮了领导们的眼，将一同入职的几十名同事，远远地甩到后面。尝到甜头，某公越发敢想敢说。只要看到不对的或是不顺眼的，无不知无不言、言无不尽。渐渐地，某公不受欢迎了。领导认为他锋芒太露，缺乏起码的涵养和包容，从此不再关注。同事认为他爱出风头，整天想入非非舍我其谁，都不愿搭理他。遭受打击，某公这才悟到，闭嘴是一种修行。

当上爷爷后，某公好为人师的毛病又有抬头。孙子吃饭挑食，某公当即进行忆苦思甜教育。孙子走路慢了，某公大讲特讲红军长征的故事。孙子喜欢玩耍，某公就给他看励志故事精选。孙子如若表现出一点点不礼貌的行为，某公必定要讲“跪乳之恩”“舐犊之情”“乌鸦反哺”等。就连儿子儿媳在饮食喜好上、行为习惯上、教育孩子的方式方法上，某公也会指手画脚、说这说那。时间一久，孙子不再黏着他了，儿子儿媳对他敬而远之。痛定思痛，某公又悟出一个道理：沉默是一种聪明。

（选自蓝波漫画《人生感悟》）

发表于 2022 年第 1 期《澳华文学》

墨宝

听说领导要来考察，村支书开心极了。领导是位书法家，当地很多报刊和建筑物的名字，都是他题写的。若能请他给村委会写一幅墨宝，多好！

想到这里，村支书专程上了一趟街，买来了文房四宝，又发动班子成员，将村委会里里外外打扫了一遍。

第二天一大早，村支书就带领村两委成员和村民小组长等大小干部，守候在村口的砂石路上。

太阳丈把高的时候，领导来了，后面跟着十几位工作人员和媒体记者。

汇报完工作，村支书扭扭捏捏地说出愿望。领导爽朗一笑："行，领导就是服务！"

村支书一听，连忙搬出文房四宝。

领导左右看了看，觉得场地有点小，转不开身子，建议换个地方。

"那就在院子里写吧！"村支书连忙说，因为院子里，聚集了好多看热闹的村民。

村支书和村主任，将桌子挪到院子里的一块空地上。

暮春五月，天气已经很暖了，且又是晌午时分，大太阳下站一会儿，就能站出汗来。班子成员一商量，立刻做出了分工：村支书负责撑伞，村主任负责扇风，村会计负责端茶，治保主任负责打手巾把子，共青团书记负责展纸，村妇女主任负责研墨。随行的媒体记者，也架起了"长枪短炮”。

见大家如此热忱，领导很感动，眯着眼睛思考了一会儿，随即提起了笔，“唰唰唰，唰唰唰”，只一会儿工夫，“为人民服务”几个大字，就气势磅礴地跃然纸上。

（选自王玉才漫画《服务》）

发表于 2022 年第 1 期《澳华文学》

妈妈不好当

自从儿子上学后，女人就多了一项工作——批作业。

女人读过高中，批改小学生语数作业勉勉强强还能应付，批改英语作业可就难于上青天了。女人读书时英语就偏科，离校六七年，英语早就还给了老师。男人是初中生，文化比自己还要低，更不能承担批改的重任，咋办呢？女人想啊想，想起小区里有几个孩子跟儿子是同学。女人立刻上门请教，并同其中一个谈得来的家长达成协议，以后每有英语作业，都以她的批改为范本。作为补偿，女人隔三岔五会买些蔬菜或水果给人家。

这天，女人正在厨房里烧晚饭，儿子的叫声穿过客厅，传入她的耳朵："妈，手抄报，手抄报！"

"啥？你说啥？"

"老师叫你做一张手抄报！"

"手抄报？这不是报社的事情吗？我哪懂？"

"我不管，反正你要做，完不成作业，老师要扣分的！"

"得，我做。"

女人晚饭都顾不上吃，忙找来几张报纸和画册，依样画葫芦，折腾了大半夜，终于把手抄报做好。

不久，儿子又带来新任务——国庆征文竞赛。

儿子才上一年级啊，连作文为何物都搞不懂，显而易见，又是家长的任务。没办法，从没参加过任何竞赛的女人，只得拿起笔。为了把文章写得精彩一点，女人先上网百度，看看这类文章人家是怎么写的，然后再东拼西凑反复打磨，直到东方发白，才把征文写好。

忙完征文竞赛，学期已近尾声。女人轻轻地舒了口气，啊，终于可以歇歇了！

“妈，妈，老师叫你录视频。”

女人的气还没喘匀，任务又来了！

“啥？录啥？”

“老师说，要把这一学期的成长情况做个视频。”

做视频，这不是强人所难吗？征文和手抄报可以拼拼凑凑，录视频却是个技术活啊，只能另请高明了。女人立刻放下手里的活儿，跑到一家誊印社，说了半天好话，并承诺付双倍的工钱，才把人家请来。

一学年的家长经历，女人吃了很多苦，也学到了很多东西。可是，尽管女人拿出了吃奶的力气，仍没能得到自己想要的结果。学期结束，小区里的孩子大多评上了三好生，有的还得到上级教育部门的表扬。唯有女人的儿子，两手空空。女人很生气，责问他为什么没拿到奖。儿子回道：“都怪你！老师布置的作业，一个优秀都没有，我评不上三好生，是你拖的后腿！”

（选自刘志永漫画《传令兵》）

发表于 2022 年 1 月 21 日《新江北报》

闹心

吃完早饭碗一丢，儿子就掏出了手机。男人和女人动作虽然慢了点，但因为技术娴熟，几乎跟儿子在同一个时间点滑亮了手机屏幕。

男人玩的是刚上线的《剑侠世界 3》。因为是新手，必须先做完主线任务走出新手村，才可以进入家族完成支线任务，获得奖励和经验后再继续做主线任务。

女人依然沉湎于肥皂剧。女人已想好，要利用这宝贵的双休日，将剩下的 20 集全部看完。

儿子有个“帅哥群”，里面聚集着一帮同学、朋友和发小。一有时间，帅哥们就到群里聊天、逗趣、解闷儿。有时也谈谈学校里的事情，或商量着去哪儿玩，热乎着呢。

这天，三人上网不久，信号没了，这不是要命吗？此刻，男人正处于 17 级升 18 级的关键时刻，如果打不赢，还要去打教学副本“龙泉秘境”！女人正陪着剧中的女主流眼泪，很想知道抛弃女主的渣男下场是什么。儿子更着急，就在刚刚，一个顽皮的同学出言不逊，给他取了个非常难听的绰号，儿子刚想还击，网断了！

见即将过关的好成绩毁于一旦，男人又气又急，烦躁的脚步声，敲击出一连串不和谐的音符。女人正窝着一肚子火呢，好家伙，这下子有了发泄点：“转什么转？要转到外边转去！”

“鬼叫个啥？不愿听滚出去！”男人反唇相讥。

儿子火气更大，“啪”的一声，手机屏幕在地板上碎成数块。

“你为什么摔手机？”男人吼道。

“你疯啦？手机几千块呢！”女人叫道。

“我就摔，我就摔！”儿子的分贝，盖过了父母二人。

立时，家里剑拔弩张、鸡飞狗跳。

喧嚣的声响，引来了左邻右舍。

“怎么啦？怎么啦？”大家问女人。

女人愣住了。唉，怎么说得出口哦。女人略一思索，指了指男人说：“你们问他。”

“啥？问我？”男人犹豫了片刻，指着儿子大声训斥，“都怪你，不好好学习！”

“啥？都怪我？”儿子不干了，“乒”的一声摔门而去，将一屋子惊诧抛在脑后。

（选自郑双宝漫画《网络暂停十分钟》）

发表于2022年第1期《北京精短文学》

老同学

张三和李四是发小，从小学一年级起，两人就一起上学，一起放学，一起做作业，一起玩游戏，关系比亲兄弟还要铁。

高考前夕，李四对张三说："咱们报同一个学校吧，不然我会想你的。"

"行。"张三同意了。

张三的成绩中等偏上。在这之前，张三已为自己选了个合适的学校。而李四填报的志愿是名校，能考上的都是人尖子。果然，高考发榜，李四顺利考上，张三名落孙山。

李四知道，张三落选与自己有很大关系，就愧疚地一再表示，将来不管干什么，都不会忘记老同学。

刚开始，李四确实把张三放心上。一到学校就给张三写信，放假了先到张三那儿报到。可是随着时间的推移，李四的信渐渐少了，回来也不找张三玩儿了。张三并不在意，张三已成为一个壮劳力，每天一身汗一身泥的，哪有精力去计较？

后来，李四回到了家乡。家人就对张三说："你俩是同学啊，现在人家当上了县长，你咋不去找他帮帮忙？"

"帮什么忙？现在不是挺好的？"

张三依然和过去一样，日出而作日落而息。直到儿子大学毕业找不到合适的工作，才在家人的催促下硬着头皮进了城。

见到李四，张三吞吞吐吐地说出来意。谁知李四一脸茫然："你是谁啊？咱们认识吗？”

张三愣住了，恨不得找个地洞钻进去。

如今，张三的儿子发达了。儿子就在县城买了个大别墅，将爸爸妈妈接了过来。从此，张三就像城里人一样，过上了优哉游哉的好日子。

这天，张三正在散步，听到有人叫他老同学。张三疑惑地问：“你叫我？”

“是啊，你不认识我了？我是李四啊。”

“哦，你是李县长。”

“嗨，什么县长不县长的，现在跟你一样，老百姓！”

“哦。”

张三点了点头，随即又摇了摇头。

（选自李肖飏漫画《交往》）

发表于 2022 年第 1 期《北京精短文学》

人人有责

孩子上学了，一家人非常高兴。孩子很聪明，也很淘气，有老师管教，一定会健康成长的。

转眼间，孩子入学已近一个星期。这天，孩子晚饭没吃完，就放下了筷子：“爸爸、妈妈、爷爷、奶奶，你们先别吃饭，我要宣布一件大事！”

“啥事？”大家不约而同地抬起头。

“明天我值日，老师说，一年级小朋友，教室卫生可以让家长来做。现在我给你们分配一下任务：爷爷，你负责擦黑板；奶奶，你负责拖地；爸爸，你负责提水；妈妈，你负责整理桌凳。”

“好，听你的。”爷爷奶奶爸爸妈妈笑着说。

“那我们拉钩上吊。”言罢，孩子伸出了小拇指。

“啊？！”大家愣住了。爸爸妈妈都是上班族，没有特殊情况是不好请假的。奶奶要买菜要烧饭，也抽不出时间来。如果拉了钩又不去践行，势必给孩子留下不好的印象。

“干吗呀？你们怎么都不拉钩啊？”孩子噘起了小嘴。

“我来我来，哈哈，不就干活儿嘛，我来！”爷爷立刻伸出了手，“宝宝，爷爷跟你拉钩。爷爷是干活儿能手，教室卫生爷爷一人包了！”爷爷一边说着，一边还撸起袖子秀了秀肌肉。

“不嘛不嘛，其他小朋友都是全家出动，你们不去我会被人家笑话的。”孩子一着急，眼泪就流了下来。

“好好，都去都去！”大家一见连忙保证，孩子这才破涕为笑。

第二天一放学，孩子就到校门口张望。哈哈，在熙熙攘攘的接送大军中，拿着劳动工具的爷爷奶奶和爸爸妈妈，正朝自己招手呢！

（选自王铎漫画《各有分工》）

发表于 2022 年第 1 期《北京精短文学》

不努力读书只能扫大街

孩子读小学时，经常看到一位年轻人，沐浴着晨光，挥舞着扫帚，清理着路边的垃圾。年轻人个子高高的，眼睛亮亮的，举手投足间，颇有点读书人的气质。若有人从他身边经过，年轻人必定会停顿一下，等行人走过后再继续清扫，生怕灰尘扬到人家身上。这一举动，深得路人赞颂，妈妈却很是不屑，指着年轻人说："孩子，你要好好学习，否则长大后就会像他一样，当清洁工，扫大街！"

孩子说："当清洁工不是挺好吗？"

妈妈说："好个屁！晴天一身汗，雨天一身泥，有本事的人，谁愿意干？"

此后，只要孩子考得不好或者产生畏难情绪，妈妈都会以那个年轻人为镜子，告诫孩子如果不努力学习就考不上大学，如果考不上大学就会像他一样没出息。

转眼间，孩子已是高年级学生。这天，气候十分寒冷，路上的行人无不缩头缩脑、脚步匆匆。而那位年轻的清洁工，脸色却红扑扑的，头上还冒着热气。孩子惊奇地问："妈妈，那位哥哥怎么一点儿都不冷？"

妈妈说："干苦力的都这样，孩子，你一定要好好学习。只有好好学习才能考上研究生，只有考上研究生才能找到好工作，否则就会像他一样扫大街！"

"妈妈，你不是让我读本科的吗？怎么又变成研究生啦？"孩子仰着小脸问。

"孩子，时代在变，入职的门槛也在变，现在好多单位，只招收研究生或研究生以上学历的人，所以咱们要更加努力。"

"嗯。"孩子懂事地点点头。

在妈妈的不断鞭策下，孩子终于考进了一所985大学，之后又读了该校的研究生。

学成归来，孩子如愿以偿，进了一家大型国企。入职培训会上，孩子突然发现，坐在主席台上的总经理，长相跟扫大街的清洁工特别像，难道他就是……

中途休息时，孩子忍不住向人打听。那人说："不错，他就是咱们的总经理。"

"他干过清洁工？"

"他父亲是清洁工。他怕父亲太劳累，常常利用早晨上班前的时间，帮助父亲扫垃圾。"

"啊，原来是这样！"孩子的脸上，腾起一片红云。

（选自韦荣景漫画《与时俱进》）

未发表

第五辑　成语新说

成语是我国的文化瑰宝，在我们的生活中无时不在。学习和运用成语既有利于我们以史为鉴、懂得做人做事的道理，又能使我们的表达更加生动、更加精辟。

成语具有固定的结构形式和说法，表示一定的意义，深受人们的喜爱。然而任何名篇名著，结尾都留有无尽的想象空间。比如成语，倘若展开丰富的想象，对其结局或寓意进行拓展、延伸甚至是改写，会产生什么样的结果呢？“邯郸学步”“守株待兔”“螳臂当车”“东施效颦”“异想天开”“买椟还珠”“吹毛求疵”等，给出了有趣的答案。

邯郸学步新编

燕国有位少年，此人好学却不专一。

一日，他听说邯郸人走路好看，就瞒着家人，到邯郸拜师去了。

到了邯郸，碰到几个嬉戏的童子，其蹦蹦跳跳的活泼劲儿，立刻引起少年极大的兴趣。

俄顷，来了个习武的年轻人。少年见年轻人走路铿锵有力，转而又学起年轻人来。

傍晚，少年入住客店。刚办好手续，突然来了个官人。官人四十岁上下，步履沉稳，气宇轩昂，一副成竹在胸的样子。少年恍然大悟：自己做什么都得不到认可，原来是不够成熟啊。

翌日，少年迈着方步走出门外，遇一耄耋老者，拄杖蹒跚而行，所遇之人，无不向他请安作揖。少年羡慕极了，遂找来一根树枝，跟着老者亦步亦趋。

一女见了，忍不住掩口而笑。少年惶惑，不知所笑为何。女子自觉不妥，忙轻移莲步，慌慌地闪进屋内。女子的婀娜多姿，看得少年心潮澎湃。少年随即扔掉树枝，跷起脚尖，扭着腰肢，模仿起女子来。

少年的举动，引起人们的警觉。所到之处，人们皆喊：此乃歹人，切不可放过。少年大骇，落荒而逃。

匆匆脚步，惊醒路边一犬。那犬腾身一跳，撒开四肢飞奔而去。少年见犬奔跑的姿态灵活又迅捷，又崇拜起犬步来。

苦练数月，少年的犬步已惟妙惟肖。少年大喜，决定回乡展示展示。

谁知乡人见了，皆捧腹大笑。其父又气又羞，训斥少年如变不回来，休进家门一步。少年很委屈，竟郁闷而亡。

两千多年后，少年投胎到一户人家。中年得子，其父欣喜若狂，发誓要将小儿育成天之骄子。然而少年特别自负，觉得自己样样好，别人事事不如他。求学期间，常因学习态度不好而受训斥。工作后，习性更是叛逆。师傅叫他向东，他偏要向西。师傅让他打狗，他偏要撵鸡。学徒一年，别人顺利出师，他却停滞不前。其父忍无可忍，厉声询问缘由。少年万不得已，方说出己之身世。其父听罢叹道：“儿呀，你这不是矫枉过正吗？邯郸学步是不加选择盲目模仿，现在你却是目空一切妄自尊大啊。”

发表于 2014 年 3 月 22 日《大丰日报》、2017 年第 2 期《中国寓言故事》

吹毛求疵

小松鼠过生日那天，鼠妈妈为他举办了一场生日酒宴。接到邀请的客人穿着节日的盛装，提着精美的礼品，欢欢喜喜地赴宴来了。

生日宴会上，花喜鹊毛遂自荐，要为小寿星献上一曲《生日快乐》，大家一听纷纷叫好。谁知刚唱了两句，小青蛙就叫道："错了错了，词和曲都唱错了。"

"就是这么唱的嘛，不信你问问百灵鸟。"花喜鹊红着脸分辩道。

"百灵鸟，你说说看，花喜鹊是不是唱错了？"小青蛙立刻向百灵鸟求证。

"没有啊，就是这么唱的。"百灵鸟低着头轻轻地说。

"哼，你不讲实话，不跟你玩儿了！"小青蛙气得大肚皮一鼓一鼓的。

"小青蛙，花喜鹊的初衷是活跃气氛，唱得好不好真不重要。"灰灰兔眨巴着宝石般的红眼睛说。

"对啊，咱们又不是歌唱家，没那么多讲究，开心就行。"不爱讲话的山羊伯伯也开了口。

"那怎么行？都像你们这样是非不分，岂不是乱套了？"小青蛙梗着脖子说。

"不就唱个歌吗，什么乱不乱的？"花喜鹊终于生气了。

"好啦好啦，这个话题到此为止，现在我给大家讲个《安徒生童话》里的故事，名字叫'白雪公主'，怎么样？"为息事宁人，金丝猴忙岔开话题。

“不对不对，你说错了，是《格林童话》！”小青蛙又叫起来。

“是吗？我记得是《安徒生童话》啊。”金丝猴尴尬地说。

“昨天我还跟狐狸先生谈论过这个作品，不信你问他！”小青蛙为证明自己是对的，又拉拉狐狸的手说，“狐狸先生，请你告诉他，究竟谁对谁错？”

狐狸甩开小青蛙的手说：“吃饭吧，就你话多！”

“好哇，你也不讲真话，虚伪，你们全都虚伪！”小青蛙嘴巴一咧，“哇哇”大叫。

“小青蛙，你太不像话了，好好的酒宴全被你搅黄了！”客人们全都放下了筷子，指责起小青蛙来。

酒宴办成这个样子，鼠妈妈很过意不去，只得草草收场：“今天就到这里吧，都怪我没本事，没把大家照顾好。”

回到家，小青蛙吵吵嚷嚷的还不服气。妈妈说：“孩子，这就是你的不是了。人际交往中，会遇到很多事情，只要不是实质性错误，就没必要纠正。充耳不闻，有时也是一种处事做人的好办法。”

发表于2020年11月10日《新江北报》

异想天开

一年一度的才艺大赛又开始了，鹦鹉见许多朋友都报了名，心里痒痒的，也想在大家面前露一手。

报什么项目好呢？鹦鹉的脑子飞速运转起来。天鹅是飞行高手，攀升过 9000 多米的高空，这种高度别说自己了，老鹰都望尘莫及；喜鹊是垒窝能手，造的房子既美观又结实，连人类都对他赞赏不已；猎豹是运动健将，他在捕捉猎物的时候，最高时速可达每小时 113 公里，比汽车跑得还要快；大象是有名的大力士，人类曾同他进行过拔河比赛，结果 100 人的团队都没能比得过他；狗的嗅觉特别灵敏，能闻出上千种物质的气味，森林公园的许多案件，都是他帮助破获的；百灵鸟有副天生的金嗓子，每年的才艺大赛，歌唱类金奖非她莫属。自己身材娇小，既没有力量又没有特殊技能，报什么合适呢？想啊想，想了一天一夜，终于想到个好主意。

“什么？你要报诗歌朗诵？”

鹦鹉的话一出口，大家全愣住了：“你没病吧？说话是人类的特异功能，咱们动物界别说你了，连猴子和猩猩都学不会，别异想天开了！”

鹦鹉红着脸说：“不是有句话叫‘只要功夫深，铁棒磨成绣花针’吗？只要我努力去做，没准能行呢。”

言罢，鹦鹉飞回自己的窝里，从汉语拼音开始，每天对着镜子练习发声。嗓子练哑了，喉咙肿得连口水都咽不下去，可是小鹦鹉仍然咬牙坚持着。天道酬勤，经过 6 个多月的勤学苦练，鹦鹉终于掌握了朗诵技巧。

比赛那天，当鹦鹉的“大家好”一出口，嘻嘻哈哈的笑闹声戛然而止，现场静得连一根针掉下地都听得见。鹦鹉挺了挺胸，用标准的普通话一字一句地朗诵道：“鹅鹅鹅，曲项向天歌，白毛浮绿水，红掌拨清波。”

哇，赛场沸腾了。大家纷纷拥上前去，祝贺声、赞扬声、鼓掌声、“咚咚锵”的锣鼓声，汇成了一曲激情澎湃的交响乐，在美丽的森林公园四处流淌、经久不息。

当你无法可想时，不妨换个思路，没有异想，哪有天开？就像鹦鹉，大家认为不可能的事，不也成功了吗？！

发表于 2019 年 8 月 11 日《巴中日报》、2020 年 1—2 期《优秀童话世界》

不进则退

“孩子，森林公园要举行作文大赛，我已经给你报了名。”熊妈妈一到家，就对正在玩游戏的儿子说。

“好啊，作文可是我的强项呢。”

“孩子，这次比赛规模空前，你要努力哦。”

“知道了妈妈。”

第二天，熊妈妈下班回来，见儿子仍然抱着手机不放，忍不住说道：“后天就要比赛了，你也不准备准备？”

“嗨，不就一篇作文吗？有啥好准备的？”儿子不屑地说道。

第三天，熊妈妈上班前，特地把儿子叫到跟前，叮嘱他一定要认真对待，千万不能麻痹大意。儿子拍着胸脯说：“妈，你就把心放到肚子里吧，老师都说我有写作天赋呢。”

傍晚，熊妈妈回到家，见儿子还在游戏里冲冲杀杀的，生气地说道：“你怎么还在玩游戏？”

儿子说：“快了快了，打完这一关就看书。”

第四天，作文大赛如期举行。

一出赛场，儿子就对守候着的熊妈妈说：“妈妈，这次比赛我肯定能拿第一！”

“为什么？”

“竞赛题目三年前我就写过，哈哈，我把它原封不动地搬了出来。”

“原封不动？”

“是啊，当时老师还把它当范文在班上传阅过呢。”

不久，评比结果出来了，熊孩子的作文，什么奖都没得。

“一定是他们搞错了。”熊孩子跺着脚大喊大叫。

熊妈妈严肃地说：“要错也是你的错，你已经读六年级了，可是你却把三年级的作文拿出来跟人家比，能比得过吗？”

“这……”熊孩子噎住了，听说获奖作文已经公布，连忙上网百度。这一查，脸红到了耳朵根，那些获奖作文，哪一篇都比自己的好很多。

过去的成绩永远属于过去，不能代表未来。倘若躺在成绩单上睡大觉，迟早要被别人超越。

发表于 2019 年 6 月《老山》

螳臂当车

螳螂正在觅食，一辆车子快速地驶来。螳螂吓坏了，傻愣愣地站着一动不动。乘车人见螳螂高高地举着手臂，以为想阻止前进的车轮，就对赶车人说："这小家伙虽然不自量力，但勇气还是可嘉的，咱们让让它吧。"车夫一听，就把车子拐到一边。

螳螂不知道，乘车人是齐庄公，对勇士有着特别的情怀，见车子主动让了道，以为自己很强大很了不起，人类见了都礼让三分。从此，螳螂变得狂妄自大起来。

一天，螳螂见屎壳郎推着个大大的粪球走过来，争强好胜的毛病又犯了，忙伸出手臂抵住粪球。屎壳郎被粪球遮住了视线，以为是土坷垃阻碍了粪球的滚动，就憋住气使劲往前一推，只听"哎呀"一声，被粪球碾过的螳螂，脸上身上涂满了粪便，两只胳膊也被轧断了。

望着奄奄一息的螳螂，屎壳郎痛惜地说："这可是你自找的啊，大家早就提醒你了，不要过高地估价自己，看看，吃大亏了吧！"

发表于 2020 年 2 月 16 日《巴中日报》

等待一场大雪

小小杨是杨时的第 N 代孙。很小的时候，父亲就对他说：“儿子，你知道吗？‘程门立雪’赞颂的是咱老祖宗呢，你要向老祖宗学习，做一个尊重老师的读书人。”父亲的谆谆教导，使得年幼的小小杨，早早有了崇拜的偶像。

刚过完六岁生日，小小杨就进了学堂。或许是太小的缘故，第一堂课上，就有个问题没有搞懂。看到其他同学有不懂的地方就向老师请教，小小杨也举起了手。可是，想起“程门立雪”的故事，立刻放下了手臂。

从此，小小杨有了个念想，希望下一场雪，最好是一场特大特大的暴雪，然后像老祖宗那样，虔诚地站在老师的家门外，站在漫天飘舞的雪花里，静候着老师从睡梦中醒来。可是等啊等，直等到期末测验的铃声敲响，也没有等来一朵雪花。

翻开试卷，小小杨傻眼了，那道不会的题目，赫然出现在醒目的位置，小小杨花了很长很长的时间，都没能将它解开。

望着小小杨带回的试卷，父亲不解地问：“儿子，我记得这道题目你要向老师讨教来的，怎么还不会做？”

小小杨说：“我是准备请教的，可是总不下雪，我怎么去请教？”

父亲问：“下不下雪与请教有什么关系？”

小小杨说：“当然有关系了，您不是要我向老祖宗学习吗？不下雪怎么去学？”

父亲叫道：“哎呀儿子，你怎么这么傻呢？老祖宗请教老师的时候正巧下着大雪，正巧老师在打瞌睡，所以才有这段神奇的经历。我要你向老祖宗学习，是要你学习他老人家坚忍不拔的精神和尊重老师的品质，而不是拘于形式，非得在下雪天才去讨教的啊！”

发表于 2020 年 4 月 10 日《谯城周刊》

与虎谋皮

古时候，有个人特别爱穿皮衣。只要看到好的皮草，无论如何都要弄到。

一次，他看见一位妇人，身着雪白的狐皮大氅，显得十分雍容华贵，于是央求父亲，帮他打几只白狐回来。父亲正生他的气，因为他不愿意接班，也不愿意干活儿，就回绝了。

这人不甘心，拿上父亲的猎枪，独自进了山。刚爬上山坡，就发现了目标。

“哎，跟你商量个事。”这人喊住正欲逃跑的雪狐，“你的皮毛太好看了，送给我好吗？”

“放了我吧，大哥，没了皮毛，我穿什么呢？”雪狐一听连忙哀求。

“哼，不听话我就打死你！”这人做出射击的姿势。

雪狐见他拿反了猎枪，心情一下子好起来：“大哥，我这身皮毛质量太差，老虎的皮毛才好呢，又厚实又华丽，你要是穿上虎皮大氅，一定是最顶级的美男子。”

“老虎在哪儿？”这人一听欣喜若狂。

“就在前边的林子里。”

“行！”

这人仗着是猎户的儿子，想都没想就朝林子走去。刚走近树林，“嗷”的一声长啸，一头吊睛白额大虎，威风凛凛地蹿到面前。老虎体形庞大、高壮如牛，额头上的“王”字，在太阳光的照射下熠熠生辉，厚厚的皮毛，色彩斑斓。

“喂，你是干啥的？”

这人正痴迷地欣赏着，老虎瓮声瓮气地开了口。

“是这样的，我想做一件虎皮大氅，你这身皮毛正合我意，不知你是否愿意成全？”

“哈哈，我还没吃中饭呢，你先成全我的肚皮，我再成全你的臭美！”说完，老虎张开血盆大口。

这人吓坏了，连连叫道：“虎大哥，请你高抬贵手，张猎户就是我父亲，你如果吃了我，他一定会找你报仇的。”

老虎听说是张猎户的儿子，犹豫了好长时间才将他放了。

回到家，正赶上父亲因寻不见猎枪在发火，得知儿子的荒唐行为，跳着脚骂道：“我看你是活腻了，老虎的皮也想要，不自量力的东西！”说完不顾儿子失魂落魄，将他揍了一顿。

发表于 2021 年第 3 期《鹿乡文艺》、2022 年 6 月 7 日《新江北报》

画蛇添足后传

陈生喜爱画画，师从名家后，画技突飞猛进。

一日，老师要求大家画一幅蛇的图像，且在规定的时间内完成。陈生稍一思索，随即展纸研墨，龙飞凤舞。少顷，一条昂着头颅、弓着脊背、扬着尾巴的蛇，以腾飞的姿态跃然纸上。

画好后，陈生见时间还有空余，又给蛇添上四只张牙舞爪的脚。

“哎呀，你怎么能给蛇画脚呢？”邻座叫道。

“哇，好大的壁虎！”

“不对，是蜥蜴！”

“是四脚蛇！”

“哈哈哈哈。”

“哈哈哈哈。”

同学们全都围拢过来，嬉笑声响成一片。

陈生有点后悔，但没有退却，退却才是真正的失败。陈生盯着画作思考了一会儿，复又拿起了笔。

“唰唰唰，唰唰唰”，陈生在蛇头上画了两束精美别致状如珊瑚的角，在嘴巴上添了几根生动有趣的胡须，在蛇的周遭勾出飞溅的浪花，在蛇的上方圈出行走的云朵，然后饱蘸浓墨，将蛇的尾巴和鳞片大大地夸张一番。立时，一幅蛟龙出水图，在同学们的惊呼声中横空出世。

这则故事告诉我们，身处逆境时，只要不放弃不妥协，认真思考积极自救，逆境就有可能转为顺境，坏事就有可能变成好事。

发表于 2021 年 11 月《北京精短文学》

狐朋狗友

狐狸和狗是好朋友，两人常在一起吃吃喝喝。

一日，狐狸正在草窝里睡大觉，耳边传来撕咬、咀嚼和吞咽的声音。扒开草丛一看，一只斑斓大虎，正津津有味地享用牛肉大餐。狐狸的肚子立刻叫唤起来，口水也“咕噜咕噜”地直泛滥。狐狸很想过去美食一顿，可是哪里敢呢？老虎的屁股都摸不得，还想分享他的美食？门都没有！没办法，狐狸只得强压着汹涌澎湃的口水，静静地等待机会。

终于，老虎抬起头颅，腆着肚子，跑到河边喝水去了。狐狸立刻蹿出来，找到一块好的肥肉，拼命地撕咬起来。

这时，狗循着气味赶来了。狐狸大喜，老虎只是暂时离开，如果发现牛肉被偷了，一定不会放过自己，有了狗这个替罪羊，自己就万事大吉了。于是连忙讨好地说：“狗哥，我正准备去叫你呢，天上掉下来的馅饼，不吃白不吃！”

“嗯，还是老弟好，有好东西不忘记俺。”狗一边吃着，一边应着。

“狗哥，我先撤了，家里有点急事，你慢慢吃吧。”说完，狐狸扛着肉块，急匆匆地走了。

不一会儿，老虎回来了，见狗在啃食牛肉，一把将他打翻在地：“你胆子也太大了吧，竟敢偷吃我的东西！”

狗恍然大悟，怪不得狐狸如此大方，原来是拿我当炮灰了，哼，既然你不仁，就别怪我不义！于是说道：“虎哥，您误会了，我在帮您看守牛肉啊。”

“看守牛肉？骗谁呢？”

“虎哥，我没骗您，刚才狐狸就偷走了一大块肉，不信您看，这里还有血印子呢。”

老虎一听勃然大怒：“好你个狐狸，仗着我的威风招摇撞骗，弄得我很没面子。现在又来偷拿我的牛肉，看我不收拾你！”随即循着血迹追查过去，果然找到了正在大快朵颐的狐狸。

后来，人们把品行不端、相互拆台、毫无诚意的所谓朋友，就称为狐朋狗友。

发表于 2020 年 11 月 13 日《亳州晚报》

刻舟求剑

古时候，有个人十分喜爱宝剑，走到哪儿都把剑带在身边。

一天，这人乘船回家，半路上，不小心把剑掉入水中。这人忙用刀子，在船帮上刻了个记号。

一到家，这人就向表哥求援。可是，表哥顺着记号下水去找，却怎么也找不着。

不久，这人外出访友，回家时戒指不慎掉入水中。

戒指是母亲留给他的唯一念想，怎么能丢掉呢？这人急得双脚直跳。

船家提醒：“赶紧做个记号。”

“没用，上次做了记号，剑还是没找到。”那人沮丧地说。

“上次船在行走，这次船停靠在岸边，情况不一样啊。”船家连忙说，可那人无心倾听，急急地上岸搬救兵去了。

不一会儿，表哥来了，问他戒指在船的哪个方位掉下去的。他一会儿说船头，一会儿说船尾，一会儿说在船的左边，一会儿说在船的右边，一会儿又说在船的中间部位。表哥生气地问：“究竟在哪个部位？你能不能给个确切的答案？”

“我，我记不得了。”

“那你为什么不做个记号？船这么大，戒指那么小，没有确切的方位，让我怎么找？”

“怎么办呢？怎么办呢？”那人急得快哭了。

这时，船家回来了，见哥俩束手无策的样子，连忙说：“戒指好像是从这儿掉下水的。”

表哥在船家的指引下，很快就找到了戒指。

表哥举着戒指说：“你要感谢船家，如果人家不帮你做记号，戒指是铁定找不到的。”

船家说：“感谢就不必了，但你要记住，事物总是不断变化的，不能死守教条。情况变了，解决问题的方法和手段也要随之变化，否则就要吃苦头。”

发表于 2021 年 7 月 20 日《新江北报》、2021 年 11 月《北京精短文学》

龟兔赛跑新编

动物电视台为庆祝体育频道开播10周年，特出巨资，力邀龟兔举行第三次比赛。

消息一传出，立刻引起巨大关注。龟兔的粉丝们更是推波助澜，为各自的偶像打口水战。

坚信龟必胜的理由有100多条，其中最重要的有两条：一是龟的老母身患重疾，需要一大笔钱来挽救生命；二是龟的女友放出话来：龟夺冠之日便是他们成亲之时，为了这一天，龟已望穿秋水。

坚信兔必胜的理由也有100多条，其中最重要的两条：一是兔已有过惨痛教训，没有十足的把握不可能贸然迎战；二是兔正处于提拔晋级的关键时刻，如能夺冠，胜算将大大提升。

两派争论互不相让，愈演愈烈，然而事实却让人大跌眼镜。随着一声枪响，兔如离弦之箭，一下子蹿出老远。可是不一会儿，兔就跑不动了，多年的养尊处优，使得他的身体严重变形，“运动健将”早已不再。而以苦力为生的龟，则气不喘、心不慌，步子越跨越大，速度越爬越快，没多久就赶上并超越了兔。有趣的是，龟在关键时刻也睡起大觉来，任凭其亲友和粉丝顿足捶胸、拼命呼叫，直到兔子追了上来，才慢慢地伸出前腿，与兔一同踩上终点线。

赛后，龟抱着一大沓钱，窝在家里“嘿嘿”直乐，兔子塞给他的钱，比奖金高出了好几倍。后来，电视台不知从哪里知道了其中奥秘，当即决定取消他俩的冠军头衔，并追回奖金和不当所得。如此，龟的荣誉和金钱瞬间化为乌有，女友也愤愤地离他而去。兔的下场更惨，因为贿赂门，不仅白白损失了大量钱财，还失去了宝贵的晋升机会。

经历了切肤之痛，兔和龟终于明白：骗术只能骗得一时，诚实才是长久之策。

发表于2017年第2期《吴地文化 闪小说》、2021年9月《杂文月刊》(上)

守株待兔

宋国有位农夫，耕种着几亩土地，每天日出而作、日落而息，一心想靠勤劳的双手，过上富足的生活。

一天，农夫正在给禾苗松土，突然，一只野兔从草丛中钻了出来。野兔见农夫挥舞着锄头，以为遇到了猎人，吓得拼命奔跑，不料撞到地头的一棵刺槐上，当即口鼻冒血，倒地而亡。农夫大喜，忙将兔子一把抓起。

农夫已很久没见荤腥了，看着手中的兔子，馋虫一下子就被勾了出来，于是不等天黑，就急急地打道回府。

回到家中，农夫来不及喘口气，就收拾起兔子来。为了把兔肉烧得好吃一些，农夫还向邻居求教。邻居是个屠户，家中常年酒肉不断。得到指导，农夫将兔子大卸八块。兔头清蒸，兔肉红烧，兔内脏爆炒，兔骨架煲汤。酒足饭饱后，农夫摸着圆滚滚的肚皮想，天底下竟然有此等好事，自己却全然不知，真是白活了大半辈子。

第二天，农夫再到地里干活儿，精力怎么都集中不起来。他干一会儿活儿，就直起腰来朝刺槐那儿看一眼，希望再有一只兔子撞到树上。他心不在焉地干了一天活儿，不仅没把活儿干完，还锄掉了不少庄稼。再后来，农夫索性什么活儿都不干，成天守在刺槐旁。乡邻们看不下去了，劝他丢掉幻想，一心一意把地种好。农夫不为所动，我行我素。可是他从春守到夏，又从夏守到秋，连一根兔毛都没看到。而他的庄稼，因为疏于管理而颗粒无收。乡邻们见他如此愚昧，又好气又好笑，就以他为教材，警诫人们不知变通、妄想不经过艰苦奋斗就能成功的做法是不可取的。这下子不得了，农夫很快声名鹊起，成为宋国人茶余饭后的笑谈。农夫没脸待下去了，只好隐姓埋名远走他乡。

一天，农夫来到邻国的一个县城，见很多人聚集在一起，静静地等待着什么。农夫挤到前面一看，一位耄耋老人，正襟危坐在一棵参天大树下，旁边立着一块牌子，上书“守株待兔”几个大字。农夫的心猛地一紧，不堪过往立马涌上心头。想到自己守株待兔误了庄稼，荒了土地，受到耻笑，不由得生起一股怜意。为了说服老人，农夫不惜自揭疮疤以身说教。谁知农夫的话还没说完，就被老者身边的一个汉子打断了：“切，也不撒泡尿照照自己，竟敢同我们老太爷相比！滚滚滚，哪儿凉快哪儿待着去，别误了老太爷的好事。”

好心当成驴肝肺。遭受羞辱的农夫很是不甘，一心想在尘埃落定时将脸面找回来。谁料这当儿，斜刺里突然蹿出一只兔子。这只兔子不知是跑昏了头还是看花了眼，竟一头撞向老者身旁的大树。老者眼明手快，一把抓起垂死挣扎的兔子。立马，四周响起热烈的掌声和欢呼声。

惊诧万分的农夫，重又燃起希望。第二天一大早，农夫就守在大树下。旁边卖水果的贩子，见农夫一整天就这么眼巴巴地坐着，忍不住问道：“老哥，我看你在这里有些时辰了，是等人吧？”

农夫说：“不是，等兔子。”

“等兔子？”贩子更加奇怪了。

农夫说：“是啊，昨天一个老者就在这儿等到一只兔子。”

“原来是这样啊。”贩子笑道，“你怎么能跟他学呢？你知道那个老者是谁吗？他是咱们县的父台，他老人家想干的事，还有什么干不成的？”

发表于2014年第6期《杂文月刊》

东施效颦

春秋时期，越国有位女子名叫西施，不仅人长得特别漂亮，举手投足间还颇具明星范儿。据说她在河边浣纱时，鱼儿也会被她的美色倾倒，因此“沉鱼”就成了她的代称。

然人无完人，金无足赤。西施面容姣好，体质却很差，稍微劳累一点，心口就隐隐疼痛。

一天，西施的痛心病又犯了。只见她手捂胸口，双眉紧蹙，流露出一种娇媚柔弱的病态美，让人见了无不疼惜。

西施有个邻居名叫东施。此女眯缝眼、塌鼻梁、蛤蟆嘴、水桶腰，模样要多难看有多难看。可是这个东施，却没有半点自知之明，整天做着美女梦，除了吃饭睡觉，其余时间全都花在梳妆打扮上。今天着这种服饰，明天梳那种发型，整得像个花蝴蝶似的，仍然没有一个人说她漂亮。后来，她看到西施捂着胸口、皱着双眉的样子，竟博得众多人的青睐，便也像西施那样，成天捂着个胸口，皱着个扫帚眉，扭着水桶样的腰肢，在人们面前摇来荡去。

俗话说，生就的眉、长就的相。东施那个时代，人们更看重自然美，对一切假冒伪劣极其痛恶。东施照猫画虎、生搬硬套，必然适得其反、贻笑大方。人们只要一看到她，就会嗤之以鼻，说她丑人多作怪。东施听到后又气又羞，再也不敢到处张扬了。

一日，东施家来了个贵客。此人是东施的远房亲戚，年幼时曾得到过东施家资助，如今衣锦还乡，当上了家乡的父母官，便忙着报恩来了。

东父大喜过望，紧握着县令的手说：“小女平白无故遭受冤屈，整日里哭哭啼啼茶饭不思，还望大人明镜高悬，救小女于水火。”

县令上任前，“东施效颦”的故事就已广泛流传，东父一开口，自然通晓一切，于是应承道：“恩人不必担忧，令爱的事包在本县身上。”

回到县衙，县令随即召集幕僚商议对策，落实任务。第二天，就有人陆续撰文，对美女标准进行重新界定。这些文章无一例外，皆以东施为理论依据，称扫帚眉果断，有胆识；眯缝眼聚光，有神韵；塌鼻梁仁厚，有担当；蛤蟆嘴性感，有魅力；水桶腰健美，有福相……总之，东施身上的缺点，眨眼间全都成了优点，成了顶级美女的不二典范。

对于这种反常现象，吃瓜群众开始还不当回事，嘻嘻哈哈地等着看热闹。可是后来见东施不仅出现在文人们的赞词里，坊间也有多人支持她，还有人自掏腰包，在闹市口为东施塑像，态度立马来了个 180 度的大转弯。东施只要一露面，拜师的、请安的、示爱的，苍蝇般“嗡嗡嗡”地围上来，搞得县府不得不增派衙役维持秩序。毫无疑问，这个时候的东施，已是大众眼中的偶像，她的每一个细微举动，都会引起不小的波动。

可是美女西施，情况就很糟糕了。过去，人们以认识西施为荣耀，想方设法接近她，同她套近乎。现在，人们视她为空气，遇到时连招呼都不愿意打一声。西施犯病时，人们不仅不再关心问候，反而说她是病秧子、短命鬼。

西施是在赞美声中长大的，何时受过如此委屈，就向父亲哭诉。父亲虽是个种田的老农，对世事的观察却很透彻。他抚摸着女儿的头发疼爱地说：“儿呀，如今的世道就这样。依我看，咱就当它是笑话，该干吗干吗，是非曲直，交由后人评说。”

发表于 2014 年第 5 期《杂文月刊》

叶公好龙

春秋时期，楚国叶县有位姓沈的县令，大家都叫他叶公。

叶公小时候就喜欢龙，当官后尤甚。他执掌叶县的第一件事，就是让人在屋脊、房檐、梁柱、门墩、照壁、门窗等凡是能雕刻或堆塑的地方，统统弄上龙的形象。就连妻儿穿的衣裳，吃饭的锅碗瓢盆，老婆的首饰，儿子的玩具等所有东西，也都刻上、画上或绣上威风凛凛的龙。走进他家，二龙戏珠、龙飞凤舞、龙行水上、青龙飞天等图案或摆设比比皆是，使人恍若进了龙宫一般。

叶公不仅自己喜龙，还在民众中大力推介。每年他都要举办几次龙舟赛、舞龙赛、长龙风筝赛，以龙为主题的书画赛、楹联赛、作文赛、故事会等。每次活动，叶公都亲力亲为，周密布置。有时还礼贤下士，担当评委。百姓本爱热闹，成绩好的还有奖赏，于是一有活动皆积极响应，踊跃参与。比赛时，活动场地锣鼓震天，彩旗飘舞，观望者人头攒动，热闹非凡。

喧嚣的声浪惊动了东海龙王。龙王见叶公对自己如此尊重，决定拜访他一下。

那天，叶公正在午睡。突然“轰”的一声天气骤变，飞沙走石，风声、雨声、雷声响成一片。叶公刚准备起身关窗，“叶公，我来也。”叶公定睛一看，只见一龙高悬头顶，目光如炬，气喘如牛，龙须都快触到他的脸上。“妈呀，妖精来啦！”叶公吓得脸色煞白，浑身颤抖。龙王连忙说：“叶公，别害怕，我是龙王啊，你不是很喜欢我吗？”“快走快走，我喜欢的是龙的图形，不是真龙。”叶公一把拉过被子盖到头上。

后来这事不知怎么捅了出去，坊间说什么的都有。尤其是一帮顽皮，还编成顺口溜，羞辱叶公小儿。小儿听了不知何意，哭哭啼啼回来告状。末了小儿问道：“爹爹，难道你说的真的如他们所说，全是假话吗？”

叶公说：“荒唐，我说的话多了。我说过热爱子民，难不成要同他们称兄道弟？我说过喜欢稼穑，难不成要去耕种庄稼？我这么说不过是摆个姿态，做个样子而已。”

“爹爹，这么说，你喜欢龙也是假的？”

叶公说：“那倒未必。我们是龙的传人，龙是我们最大的祖宗。国之首领称‘真龙天子’，帮之头目称‘龙头老大’。我是叶县的父母官，当然就是叶县的一条龙啦。儿呀，龙精神、威武、神通广大，是地位和权力的象征。爹只要往高高的龙案后面一坐，哪个见了不心惊胆战？不顶礼膜拜？至于我搞的龙舟赛、舞龙赛什么的，那是要收报名费的啊，参赛的服装、道具等一应物件，也必须在我指定的作坊制作。有些人为了名次，还要私下里找我打点打点。儿呀，这都是白花花的银子啊。如此既能笼络民心，又能得到实惠的好事，爹为何不去做呢？！”

发表于 2014 年第 11 期《凯德人》

孔融让梨后传

孔融至今都没有搞明白，“让梨”何以产生那么大的影响。先是被誉为“明日之星”，接着被树为“十佳儿童”，就连自己的父母亲，也光荣入选“优秀家长”和“巾帼模范”。

孔融出名后，好事就纷至沓来。文化部门准备拍摄电视连续剧《少年孔融》；出版部门打算编著“孔融逸事”系列图书；宣教部门将孔融收入《世界名人录》；组织部门将孔融纳入“后备人才库”。尤为可笑的是孔融还是个黄口小儿，就已收到美国哈佛大学、英国剑桥大学等国际名校的入学通知。至于聘请孔融主持剪彩仪式和担当产品代言人的更是络绎不绝。孔融只要一露面，就会被粉丝团团围住，恳请签名的、乞求合影的、追踪采访的、探询成功秘诀的，常常将街道堵得水泄不通。

孔融出名后，三间茅庐变得逼仄起来，学习取经的常常这一拨还未走，另一拨已经光临。孔家是精神文明建设的窗口，一言一行代表着地方的形象。因此对于蜂拥而至的学习大军，不仅要好酒好菜地供着，还得安排娱乐、休闲、游览什么的。几番下来，不仅掏空了老底，还落下了饥荒。

孔融出名后，邻里关系尴尬起来。乡邻遇到孔家人，要么虚与委蛇，要么视而不见。尤其是对孔融让梨的事件，态度更是大相径庭。说“孔融让梨”是智力低下的有之，说“孔融让梨”是另有所图的有之，说“孔融让梨”是因为不爱吃梨的有之，说“孔融让梨”是一个谎言的也有之。面对这些奇谈怪论，孔家除了叹息一点儿办法也没有。

孔融出名后，久未谋面的亲戚纷纷出现了。他们或请求解决职业、学业，或拜托提升级别、职别。就连看病抓药、报批宅基地、申请低保等事情，也不忘请求帮忙。有一个亲戚甚至还要亲上加亲，招孔融为东床快婿！面对这些“狮子口”，孔家只要稍微皱一下眉头，就会被斥为忘记根本。

孔融出名后，就成了众人眼中的大款。谁家缺少银子，就想在孔家得到解决。乞讨的、借贷的、拉赞助的、要求投资兴业的，这方还未唱罢，另一方已经登台。尤其是那些蟊贼，不仅三番五次骚扰，还肆意毁坏家具，闹得孔家苦不堪言。

孔融出名后，处境就变得特殊起来。上课时，其他同学可以随意打闹，孔融却必须绝对守纪。考试时，其他同学可以“红灯”高挂，孔融却必须门门高分。劳动时，其他同学可以拈轻怕重，孔融却必须勇挑重担。募捐时，其他同学可以自愿自由，孔融却必须主动积极。同学之间有了纠纷，别人可以恶语相向，孔融却只能沉默忍让。

孔父见家中麻烦不断，一气之下找到领导，坚决要求放弃功名，回到原来的日子。

发表于2009年7月16日《大丰日报》

夜郎自大

相传汉朝的时候，有个叫“夜郎”的国家，面积小，物产也不多。但因为地处偏僻，周边国家比它还要小、还要穷，夜郎国国王便常常教育子民，说咱们是个大国，一定要有大国的担当，千万不能让别人看轻自己。

臣民们听说自己的国家最大、最好，自豪感立马爆棚，大家心往一处想、劲往一处使，不几年，GDP 翻了几番，人人都过上了好日子。

周边诸国见夜郎国变化快，纷纷过来学习取经，如此又促进了夜郎国的旅游、餐饮、交通等产业的发展。远在北方的大汉王朝，也派了信使过来学习。双方一见面，夜郎国国王就笑着问道：“喂，我们夜郎和你们国家相比，哪个大？”

信使愣了一下回道：“呵呵，怎么说呢？夜郎是南方大国，汉朝是北方大国，从各自所处的位置和境况来说，都挺大的。”

“对对，都挺大的。”夜郎国国王兴奋不已。

不久，夜郎国王子到别国旅游，那里的人听说他从夜郎来，围住他嘻嘻笑道：“夜郎自大，夜郎自大！”

被人耻笑，王子很不高兴，立马悄悄打听。一打听才知道，是父亲的无知造成的。王子半信半疑，就到汉朝寻找答案。

一踏进大汉国土，王子惊呆了。这个国家的面积，有几百万平方公里呢。如果将汉朝比作西瓜，那么夜郎国的国土，只有芝麻粒那么大。

王子又惭愧又生气，一到家就朝父亲叫道：“爸，你怎么能跟汉朝比呢？你知道汉朝有多大吗？”

“孩子，汉朝多大我岂能不知？可是如果我实话实说，一味地强调咱们国家的贫穷和弱小，势必会让民众悲观失望，甚至会引发一些意想不到的事情。而我说咱们的国土很大，物产非常丰富，老百姓特别勤劳，大家就会有信心和决心，咱们的国家就会有前途和未来。你看，我这样做了，是不是效果很好？”

“原来是这样啊，老爸，你太棒了！”

出于美好愿望的谎言，是人生的滋补品，也是信念的原动力，它能帮助人走出困境，重燃希望之火。

发表于 2021 年 10 月 12 日《新江北报》、2021 年 11 月《北京精短文学》

以貌取人

这天早上，兔妈妈正准备去蘑菇园干活儿，突然接到一个电话，就把任务给了小兔，自己急急忙忙地处理别的事情去了。

接过妈妈手里的锄头，兔宝宝蹦蹦跳跳地来到山坡上。几天不见，小蘑菇长大了许多，像五颜六色的小伞，把山坡装点成美丽的花园。

兔宝宝开心极了，蘑菇可是自己最喜爱的食品呢，一定要把它们照顾好。依照妈妈的吩咐，兔宝宝给蘑菇们松了土、锄了草、洒上了清澈的山泉。做完这一切，太阳还高高地挂在头顶上，想到妈妈曾经说过，只有合理密植，才能充分利用光源，实现稳产高产的话语，兔宝宝又帮蘑菇间了苗。

兔妈妈是第二天中午回来的。一到家，兔宝宝就邀请妈妈去蘑菇园看看，分享分享自己的劳动成果。到了蘑菇园，兔妈妈大惊失色：“你怎么把蘑菇全拔了？”

“没有啊，我拔的只是一些不好看的蘑菇。”

“傻孩子，你怎么能以貌取人呢？这些蘑菇虽然好看，但好看的蘑菇大多是有毒的啊，只有那些不起眼、不华丽的蘑菇，才能够食用。”

发表于 2019 年 6 月《老山》、2019 年 10 月 29 日《新江北报》

随机应变

绿树环绕的议事厅，人头攒动，一场盛大的招聘会，正在举行。

主考官灰太狼热情洋溢地说：“朋友们，为了建设美丽家园，我们决定招聘一名管理员，欢迎大家踊跃应聘。”

灰太狼话音刚落，呱呱鸡就站了起来，说自己如何如何聪明，如何如何能干。没等呱呱鸡说完，灰太狼鼻子一嗤：“哼，满瓶不动半瓶摇，那么多人都没开口呢，就你能？！”

顿时，现场鸦雀无声。后来还是灰太狼点了名，佩佩猪才小心翼翼地说：“我在牧场、草场、饲料厂等公司干过，有多年的工作经验，不知是否符合你们的要求？”

灰太狼说：“不行，你跳来跳去的，说明你好高骛远、见异思迁！”

乖乖兔说：“主考官，我在养殖公司干了十多年，每年都得到公司的嘉奖，这是我的获奖证书。”

灰太狼大手一挥：“你更不行，公司这么高看你，你还要背叛它，太没良心了！”

九尾狐说：“主考官先生，我刚从学校毕业，学的是企业管理，如果您录用我，我一定尽我所能，为公司增光添彩。”

灰太狼眼睛一瞪：“我们这儿不是培训机构，你一点儿经验都没有，跑来添什么乱？”

灰太狼考核一个，淘汰一个，偌大的招聘现场，只剩下机灵猴一个人。灰太狼问：“你还应聘吗？”

“应聘！”机灵猴连忙跑上前，将求职资料递到灰太狼手中。

灰太狼只瞄了一眼，就下了逐客令：“我之所以不录用你，是因为你是海归，曲高和寡，学的东西这儿用不上。”

半天的观察，机灵猴已经看出，灰太狼嫉贤妒能，害怕别人比他能干，就故作玄虚地说：“主考官大人，假如你不告诉我的父母，我就告诉你一个秘密。”

“好的，我一定替你保密。”灰太狼来了兴趣。

“主考官大人，我给您看的东西全是假的，留学期间，我一天课都没上过，父母给的钱，全都送进了游戏厅。”

“好，你被录取了！”

就这样，机灵猴运用了自我贬低的策略，顺利通过了面试。

发表于 2020 年 12 月《杂文月刊》（上）、2021 年 7—8 期《优秀童话世界》

买椟还珠

楚国有一位珠宝商，听说郑国的生意好做，就带上数十颗质量上乘的珍珠，到郑国摆摊去了。

谁知，珍珠摆出来好几天，都没有卖出一颗。楚人想，是因为没有包装携带不方便，还是因为没有包装送礼拿不出手？想到这里，珠宝商立刻打道回府，用家里的一块木料，做了个小巧玲珑的首饰盒，又花了几天时间，在盒子上雕刻出精美的图案，点缀上镏金花边，镶嵌上美丽的宝石，再刷上艳丽的油漆，使得盒子光彩夺目，十分贵气。

这次，楚人的首饰盒一亮相，立刻吸引众多目光。

“哇，这盒子太漂亮了！”

“是啊，做工精致得很呢。”

“盒子好看，珍珠也好看。”

“我要是有钱，就把这两样全买了。”

“走开走开，这东西我要了！”在人们的赞美声中，一个人挤了进来，价格一点儿都没还就付了款。

可是，那人捧着首饰盒没走几步，就急匆匆地返回。楚人以为他要反悔，连忙说道：“对不起，卖出去的东西概不退还。”

“嗨，你把珍珠遗忘在盒子里啦，我是来还珍珠的。”那人笑嘻嘻地说。

“啊，对对，对对。”楚人立马反应过来。

受到启发，楚人当即返回家中，将剩余的木料全部做成首饰盒，又像上次那样，对盒子进行了精心雕刻和装饰。

不出所料，一到郑国，人们就把珠宝商团团围住，争相购买的顾客摩肩接踵、络绎不绝。楚人见生意好做，便坐地起价，将首饰盒的价格提高了好几倍。然而，昂贵的价格没能吓退郑人的消费热情，半天不到，数十个首饰盒被抢购一空。

见兄弟改行发了财，楚人的哥哥脑洞大开，忙将准备用于搭建牛棚的几根木料搬出来，请人照猫画虎，统统做成了首饰盒，然后用牛车装上，拉到郑国去卖。

首饰盒一陈列，便引起一阵轰动。可是，大家把首饰盒托在掌心里掂了掂，再翻开盖子看了看，全都摇起了头。

望着满满一车的首饰盒，哥哥大惑不解，两人的货物一模一样，为什么弟弟的首饰盒那么抢手，自己的却卖不出去？

带着疑问，哥哥向弟弟请教。原来，弟弟的首饰盒是用红木做的，哥哥的首饰盒是用杂木做的。

发表于2022年3月《杂文月刊》（上）、2022年1—2期《优秀童话世界》

螳螂捕蝉

蝉正起劲地唱着歌，螳螂猛扑过来，将他死死摁住。

螳螂不知道，他捕捉蝉的时候，自己也成为黄雀的目标。因此，当他准备享用鲜美的大餐时，黄雀成功地捕获了他。

老螳螂得知这一情况，连忙召开会议，告诫儿孙们：“螳螂捕蝉，黄雀在后。”

儿孙们不理解：“难道蝉是黄雀的亲戚？”

老螳螂说：“不管是不是亲戚，从今往后，别再捕蝉。”

“是。”儿孙们连忙答应。

可是第二天，又一只螳螂成为黄雀的美食，而这只螳螂，捕获的猎物是毛毛虫。

“看来，黄雀是咱们的天敌啊，咱们不管捉什么，他都要攻击。”螳螂家族一片哀嚎。

老螳螂连忙安慰：“别着急，办法总比困难多。黄雀喜欢吃昆虫，咱们如果满足他的需要，不就平安无事了？”

“对啊对啊。”螳螂们一致赞同。

趁着夜色，他们紧急行动起来，草窝里、枝叶上，凡是昆虫掩藏的地方，他们都不放过。经过一夜的搜寻，他们捕获了很多昆虫。老螳螂从中挑选了好几只又肥又嫩的虫子，天一亮就给黄雀送去了。

老螳螂对黄雀说：“亲爱的黄雀先生，这是我们敬献给您的美食，您如果放过我们，我们天天给您进贡。”

“嗯，好吧。”黄雀一口答应。

螳螂的危机解除了，黄雀的隐患还存在。一个顽皮的孩子，早对他虎视眈眈。怎么办呢？螳螂的举动，给了黄雀启发：对啊，何不将虫子分一些给孩子，这样岂不是大家都太平了？说干就干，黄雀挑选了几只品相好的虫子，虔诚地送到孩子面前：“亲爱的帅哥，这是我敬献给您的美食，您如果放过我，我天天给您进贡。”

孩子一把抓住黄雀，高兴得手舞足蹈：“哈哈，你喜欢的是虫子，我喜欢的是你啊！”

黄雀顿时明白，向别人学习的时候，一定要有选择地借鉴，千万不能生搬硬套。

发表于 2022 年 3 月《优秀童话世界》

塞翁失马

塞翁的马，能拉磨能坐骑，还能犁地碾谷子，很受塞翁喜爱。

一天，塞翁赶集途中，遭遇强盗打劫，马和马车都被抢了。

“马啊，我的马啊！”塞翁气得几天吃不下饭。

家人劝道：“你应该庆幸才是，因为你好好的啊。马没了可以再买，人如果没了就什么都没有了呀。”

塞翁一听觉得有理，便又振作起来。

半年后，塞翁的马回来了，身边还跟着一匹怀孕的母马。

“马啊，哈哈，我的马啊！”塞翁高兴极了，围着母马看个不停。因为那匹母马，是名声显赫的阿拉伯马，比自己的马还要金贵。

两年后，塞翁的马，数量已经翻番。更幸运的是，因为基因好，两匹小马比它们的父母更矫健、更优良。乡邻们羡慕极了，都说塞翁因祸得福。一些马贩子，三番五次找上门，想高价购买小马驹。塞翁眼珠子一转，动起了培育良种马的主意。没有经费，塞翁就贴出告示，上面写着：欲购良种马驹者，需预交纹银十两。

告示一贴出，竟很受欢迎，预交订金的络绎不绝。塞翁就用订金建了良种马培育基地，又去外省购进了十几匹优良种马。

现在，塞翁的种马场已颇具规模，培育出来的良马供不应求。

未发表

第六辑　童话故事

童话是少年儿童最喜爱的一种文学形式。走进童话王国，你会看到许多好看的故事，接触到许多可爱的小精灵。

熊大熊二在对待孩子的学习上理念不同，方法也不同。熊大期望值太高，管得太严，结果事与愿违。熊二理解孩子，信任孩子，从不给孩子施加压力，孩子在愉快的学习中进步很快。

小区的路是谁修的呢？是小山羊，小白兔，还是小松鼠？都不是！那么好心人究竟是谁呢？电子眼给出了答案。

狐狸见乌鸦又搞到了一块肉，就故技重施，想骗取乌鸦嘴里的肉。乌鸦将计就计，吐给它一嘴辣椒，辣得狐狸“哇哇”大叫。

猴妈妈的桃林发生了虫灾，急需两个儿子去处置。可是因为没有分家，两个儿子都不想动手。后来，两个儿子不约而同想到了狐狸，就去找狐狸拿主意。谁知，等狐狸敲诈完两兄弟的钱财再拿出主意时，桃子已被害虫糟蹋光了。

《寒号鸟》《老鼠和老虎》《月亮哪儿去了》《防范艺术交流会》《小点点找朋友》《狗嘴里吐不出象牙》等篇目，都以其夸张的手法和奇妙的构思给人以启迪，让人在会心一笑中得到教育。

熊大熊二

1

熊大熊二的孩子都是 9 岁，都读小学三年级。

这天，熊大的孩子还在睡梦中，就被父亲掀掉了被子：“起来，快起来！”

“干吗？星期天都不让人睡觉！”儿子揉着眼睛不满地说。

“就知道睡睡睡，还不赶紧起来做作业！”

“不是还有明天吗？”

“明天还有别的任务！”

“啊？还有别的任务？爸，老师布置的作业已经很多啦！”

“我不管，除了这些作业，还必须完成《金三练》和《实验班》上的同步练习，还要练习 1 小时书法，1 小时朗诵，1 小时钢琴，1 小时写生！”

“爸，你疯啦？这么多作业，我就是不吃饭不睡觉也完不成啊！”

2

“儿子，今天是周六，可以多睡一会儿。”隔壁熊二，正疼爱地看着儿子。

“不行啊爸爸，我还有作业要做呢。”

“作业多吗？”

“嗯，要写 1 篇作文，背 2 首古诗，抄写 100 个英语单词，做 10 道数学题。”

“不着急，咱们一样一样来，上午先写作文，其余的下午再说。”

“遵命！”

3

中午，熊大下班回来，儿子还躺在床上，作业一点儿没做。熊大气急败坏：“好你个熊孩子，要造反了是不？看我怎么收拾你！”

儿子把头往前一伸：“打吧打吧，打死了正好！”

熊二一到家，儿子就捧出习作：“爸爸，这是我写的作文，请您过目！”

熊二接过去一看，哇，字迹工整、语言流畅、条理清楚、文采飞扬，都快赶上高年级学生啦！熊二搂着儿子，高兴得“嘿嘿”直乐。欢乐的笑声，催开了门前的花朵，引来了过往的鸟儿。熊二趁热打铁：“儿子，咱们俩分个工，我做午饭，你背古诗，好不好？”

“好！”儿子一口答应。

4

下午临上班，熊大瞪着儿子气恨恨地说：“如果再完不成作业，晚饭也别吃了！”

熊二对儿子说：“儿子，你已辛苦了一上午，下午可以打打球，看看电视，或者找同学玩玩。”

儿子摇摇头说："不行啊爸爸，我还有作业要做呢。"

"好孩子，你如果能在今天就把作业做完，明天咱就旅游去。"

5

晚上，熊大家鸡飞狗跳，没完成作业的儿子，正在接受惩罚。一墙之隔的熊二家，莺歌燕舞、笑语阵阵。父子俩头靠头、肩挨肩，正在商量明天的行程呢！

6

翌日一早，熊二就带着儿子出发了。他们攀登了紫霞峰，游览了翡翠湖，品尝了水果大餐，还看了动画片《熊出没》。

这一天，熊大也请了假。儿子学习不在状态，哪里还有心思上班呢？熊大把儿子喊到跟前，像管犯人般死死管着。在父亲的怒骂和监督下，儿子才极不情愿地拿起笔。当儿子终于完成老师布置的作业时，熊二儿子的旅游散文又新鲜出炉了。见侄儿这么优秀，熊大又羡慕又嫉妒，直骂自己的儿子不争气。

7

等熊大发泄完，熊二说："你别光怪孩子，自己也找找原因。两个孩子情况差不多，为什么我的孩子能顺利完成作业，你的孩子却困难重重？究其原因，是因为我信任孩子、尊重孩子，不给孩子施加任何压力。你呢，期望值太高，管得太严，孩子无法达到你的要求，便产生畏难情绪，打退堂鼓，你说，这是不是你的责任？”

“这，这……”伶牙俐齿的熊大，居然结巴起来。

发表于 2020 年 7 月 22 日《教师报》

路是谁修的

落日的余晖，给街巷撒下了一把金粉，劳作的人们，纷纷返回家园。小白兔也回来了，挑着一担胖乎乎的萝卜，丰收的喜悦，溢满脸庞。突然，小白兔“扑通”一声摔倒了。摸着摔疼的屁股，小白兔无奈地摇了摇头：“哎，又摔了个大跟头！”

第二天早晨，小白兔打开门一看：哇，路面平坦坦的，昨晚绊了自己一跤的那个坑也不见了，是谁修的呢？对，肯定是小山羊。小山羊有一颗善良友爱的心，谁有困难都主动帮助。

想到这里，小白兔立刻来到小山羊家：“山羊哥哥，谢谢你帮我修了路。”

“修路？没有啊。”小山羊丈二和尚摸不着头脑。

“路不是你修的？”

“是啊，你家的路修好了？”

“嗯。”

“啥时候？”

“昨夜。”

“走，咱们看看去。”

来到小白兔家，看着平坦宽阔的道路，小山羊羡慕地说：“小白兔，恭喜你啊，以后再也不用担心摔跤了。哎，我家门前的路也该修了，坑坑洼洼的很不好走。”

小白兔说：“山羊哥哥，你修路的时候说一声，我来帮助你。”

小山羊说："好。"

翌日清晨，小白兔正在睡觉，小山羊拍着门喊道："小白兔，我家门前的路也修好了。"

小白兔急忙问道："谁修的？"

小山羊说："不知道啊，我也是刚刚才发现的。"

小白兔说："肯定还是那位好心人修的，咱们去找黑猫警长吧，请他帮忙把这位好心人找出来。"

小山羊说："对，找出来后我们要当面谢谢他。"

当即，小山羊和小白兔就来到警察署。听了两人的请求，黑猫警长非常高兴："不错不错，这件事确实值得赞扬，黄警员，你去查一查吧，看看路是谁修的。"

大黄狗胸脯一挺："是，保证完成任务！"

办案路上，大黄狗问道："你们小区都有哪些人家？"

小白兔说："除了我和小山羊外，还有小青蛙、小松鼠、小狐狸、笨笨熊和鸡婆婆。"

大黄狗说："你把他们都请来吧。"

不一会儿，小区成员全都来了。大黄狗说："朋友们，想必你们已经知道我的来意，修路是件好事，应该宣传和表彰，希望做好事的朋友说一声，免得我们都不知道感谢谁。"

鸡婆婆说："路不是我修的，我正在孵鸡宝宝呢。"

小青蛙说："也不是我修的，我连铁锹都拿不动啊。"

小松鼠说："这事跟我没关系，我刚从外婆家回来。"

小狐狸说："我和笨笨熊一直在林区劳动呢，也是刚刚才到家的。"

大黄狗问："那你们知不知道路是谁修的？"

"不知道。"大家异口同声地说。

"既然你们都不知道是谁修的，我看不如这样，从今晚起咱们就轮流值守，看看好心人究竟是谁。”大黄狗说。

“好！”大家全都举起了手。

当天晚上，大黄狗就带着小松鼠和小山羊值班了。他们沿着小区的中心路来来回回查看着，耳边除了风声和虫鸣啥都没有。时间一分一秒地过去了，月亮很快升上了中天。小山羊打个哈欠喃喃地念叨：“都 12 点了，怎么还不来？”

小松鼠说：“是啊，明天我还要上班呢。”

大黄狗说：“要不我们先回去吧，看来好心人今晚不会来了。”

第四天清晨，狐狸的笑声把大家从睡梦中惊醒：“哈哈，我门前的路也修好了！”

“昨晚我们一直巡逻到夜里 12 点呢，这路肯定是下半夜修的。”小山羊摸着胡须说。

大黄狗说：“对，今天咱们就值下半夜的班。”

为防止睡着了醒不来，大黄狗还特地把闹钟设在夜里 12 点半。谁知，当他听到铃声来到小区时，小白兔和小狐狸正在那儿大叫大喊：“瞧，鸡婆婆门前的路也修好了。”

大黄狗低头一看：“哟，泥土还是新鲜的。”

小白兔说：“好心人在跟咱们捉迷藏呢，黄警员，咱们得重新想个法子。”

大黄狗说：“嗯，咱们是该另做打算了。”

警署里，大黄狗把前两天巡逻的情况向黑猫警长做了汇报，末了说：“警长，这位好心人机灵得很，我们上半夜巡逻，他就下半夜修路。我们下半夜巡逻，他就上半夜修路，如果安排人整夜蹲守，且不说人手不够，时间长了会把人拖垮的，所以我建议装个电子眼，这样好心人不管什么时间来修路，我们都能看得到。”

黑猫警长笑道：“哈哈，咱俩想到一起了，黄警官，装电子眼的事你去办吧。”

“是，警长。”大黄狗高兴地说。

听说小区要装电子眼，小松鼠、小白兔、小山羊等居民全出来了，他们有的搬来凳子，有的扛来梯子，有的拿来绳子，连正在孵小鸡的鸡婆婆也跑了出来，大家都想给大黄狗搭把手呢。

众人拾柴火焰高。不一会儿，电子眼就装好了。小白兔拍着手说：“这下好了，修路人很快就能找到了。”

小山羊说：“找到修路人后，我要好好感谢他一下。”

小狐狸说：“我建议给他发个助人为乐奖，号召大家向他学习。”

当晚，大家都睡了个安稳觉。第二天一起床，大家就拥到了警察署，因为这天夜里，笨笨熊门前的路也修好了。

黑猫警长听说好心人又出来修路了，连忙调看监控录像，居民们全都围了过来，两眼紧紧地盯着显示屏。突然，小白兔叫道：“咦，这不是黄警官吗？”

大黄狗说：“怎么可能？一定是搞错了。”

小白兔说：“怎么不可能？你看看这图像，不是你是谁？”

大家立刻朝大黄狗拱起双手：“黄警官，谢谢你帮我们修了路。”

大黄狗摇着手说；“别，别啊，路真不是我修的。”

鸡婆婆说：“黄警官，你就别谦虚了，做好事应该得到大家的赞扬。”

大黄狗着急地说：“鸡婆婆，您要相信我，路真不是我修的。”

黑猫警长说：“好啦好啦，大家别争啦，我们一起到黄警官家看看不就清楚了？”

“对，对！”大家齐声赞同。

来到大黄狗家，笨笨熊一眼发现了门旁边的铁锹，忙举起铁锹说：“果然是黄警官干的，你们看，这上面还有泥土呢。”

大黄狗也愣住了，挠着头说：“我是想把路修一下的，可是最近太忙了，就把这事搁下了。”

鸡婆婆说：“这就奇怪了，画面上明明是你啊。”

“是啊，这到底是怎么回事呢？”大家见大黄狗语气坚定，不像是隐瞒的样子，便也疑惑起来。

黑猫探长眼珠子转了两圈突然叫道：“我知道答案了！”

“什么答案？”大家全都竖起了耳朵。

“黄警官有梦游的毛病，人虽然睡着了，心里却牵挂着小区的道路，于是在梦游的状态下，受一股神秘力量的引领，做了他想做的事情。”黑猫警长很有把握地说。

“哇，做梦都想着我们，黄警官，你真了不起耶！”小动物们一听，全都朝黄警官竖起了大拇指。

发表于2020年第3期《鹿乡文艺》和2020年7、8月合刊《优秀童话世界》

月亮哪儿去了

这天，兔宝宝跟妈妈去外婆家做客，回家时月亮已经很高了。兔宝宝拉着兔妈妈的手，蹦蹦跳跳地行走在铺满月光的山路上。

“不好了妈妈，月亮姐姐掉到水里去了！”突然，兔宝宝指着小河惊叫起来。

“没有啊孩子，月亮姐姐好好地住在月宫里呢，不信你看。”

兔宝宝随着妈妈的手指仰头看去，哈哈，月亮姐姐正笑眯眯地朝自己挥手哩。

“可是妈妈，为什么水里也有一个月亮姐姐啊？”兔宝宝眨巴着红宝石般的大眼睛不解地问。

“孩子你看，水里是不是也有一个你？”

兔宝宝跑到河边一看：长长的耳朵，圆圆的脑袋，毛茸茸的身躯，还有灵活的小胳膊小腿，哇！这不就是自己吗？

“孩子，河水就像一面镜子，可以照出物体的模样和神态，世界很奇妙，等你长大了，会懂得更多的道理的。”

一到家，兔宝宝就拉着姐姐往外跑。

“干什么啊？”姐姐不解地问。

“看月亮。”兔宝宝将姐姐拉到小河边。

“咦，月亮怎么不见了？妈妈，月亮是不是躲起来了？”见河面上黑乎乎的，兔宝宝十分奇怪。

“孩子，我正要跟你说呢，河水要清澈透明，才能像镜子一样明亮。

可是你们几个小淘气，经常往河水里扔东西，使得水面布满了瓜皮、纸屑、塑料袋子等。如此一来，河水不仅失去了镜子的功能，还发出一股股臭味，害得大家不得不舍近求远，到别的地方去找水喝。孩子，地球是我们大家的，保护好大自然，就是保护我们自己的家园啊！”

听了妈妈的话，兔宝宝羞愧万分，连连保证今后再不敢了。

第二天清晨，兔妈妈还在睡觉，兔宝宝就悄悄地起了床，打捞水里的垃圾去了。

发表于 2020 年 11 月《优秀童话世界》

聪明的乌鸦

吃着香喷喷的肉块，狐狸愉快地想，这个傻瓜，被骗了都不知道，下次有机会，还去骗她！

不久，机会来了。

那天，狐狸正在树底下休息，突然，树枝颤抖了一下，一股浓浓的肉香钻进鼻孔。狐狸抬头一看，“哇”，乌鸦的嘴巴里，衔着块大大的肥肉呢！顿时，狐狸“咕咚咕咚”口水直窜，肚子也不失时机地叫唤起来。

“乌鸦妹妹，你好！”狐狸连忙打起了招呼。

听到这讨厌的声音，乌鸦柳眉倒竖：“哼，还想骗我，休想！”

狐狸见乌鸦不理他，“啪”地打了自己一个嘴巴：“都怪我不好，管不住自己的嘴。妹妹，那天哥哥也是饿急了，不然哪里会做这种下三烂的事？为这事，哥哥把自己骂了若干遍。好妹妹，你大人有大量，千万别记恨哥哥，哥哥向你发誓，今后如有再犯，天打五雷轰！”

“哼，狗改不了吃屎，谁信你！”乌鸦鼻子一哼，昂起了头。

见乌鸦还不上套，狐狸眼珠子一转，又想出个计策：“乌鸦妹妹，我知道你恨我，要不这样吧，我给你表演几个节目，权当是赔礼道歉。”

言罢，狐狸摆开架势，先翻了几个跟头，又跳了一段街舞，还玩了一把倒立，累得气喘吁吁、汗如雨下。可是乌鸦仍然不搭理，不但不搭理，还故意咂了咂嘴巴。

狐狸急了，连忙说：“乌鸦妹妹，我唱歌给你听吧，我可是第一次唱歌呢，你可要给面子哦。”

狐狸张开臭烘烘的大嘴巴，“呜啊呜啊”地唱起歌来。

“哈哈，难听死了，比哭声还要难听！”乌鸦终于笑了。

狐狸见乌鸦张开了嘴，立即仰起头，伸直脖子，张开大嘴。哈哈，接住啦，接住啦！狐狸欣喜若狂，迫不及待地嚼起来。

突然，狐狸捂着腮帮子叫起来：“辣死我了，辣死我了……”

原来，狐狸表演的当儿，乌鸦已将肉块换成了辣椒。

发表于 2019 年 1 月 22 日《新江北报》

寒号鸟

寒号鸟没有死。

在他快要死的时候，上帝送来一大团草，严严实实地将他盖住。在这团草的温暖下，寒号鸟终于从死神的手里逃脱出来。

春天来了，大地重又变得温情脉脉。小燕子们从南方飞了回来，他们要在这里谈一场轰轰烈烈的恋爱呢！

寒号鸟也飞离了崖洞，他见小燕子的窝做得又结实、又漂亮，就想拜小燕子为师。吸取教训，寒号鸟决定，今年无论如何都要把房子建起来。

小燕子愉快地答应了寒号鸟的请求，手把手地教他选材、搭建。寒号鸟学着小燕子的样子，从水塘边衔来潮湿的泥土，轻轻地堆在屋梁上，接缝处还用力压了一下。可是不一会儿，垒好的泥块就掉落下来，忙活了大半天，一块泥都没粘上去。小燕子说："这样不行，接缝处得用口水粘。"说完还做了个示范，"咯"的一声吐出唾沫，细心地涂抹到缝隙处，鲜艳的血丝，洇红了泥块。寒号鸟吓坏了，这不是玩命吗？如果把性命搭上去，房子做得再漂亮又有什么用？

夏天来了，太阳像一个火球，把大地烤得滚烫。小鸟们不再歌唱，纷纷躲进大树的怀抱。喜鹊最舒服，他的窝建在高高的树梢上，凉快着呢。

"喜鹊大叔，喜鹊大叔，我想跟你学造房子。"

一阵呼唤，把喜鹊从美梦中唤醒。睁开眼睛，寒号鸟正眼巴巴地看着自己呢。喜鹊二话不说，收下了这个徒弟。喜鹊说："你的窝就建在我旁边吧，这儿通风透光，空气新鲜，特别适宜居住。"说罢，喜鹊顾不上炎热，带着寒号鸟寻找合适的树枝，一根根地往树梢上运。喜鹊的窝距离地面十几米高呢，寒号鸟哪里吃得了这种苦？往返了两三次，就累得满头大汗，腰酸背痛。不学了，不学了。寒号鸟暗暗嘀咕："与其活活累死，不如听天由命！"

秋天来了，天气渐渐凉爽起来，燕子、大雁纷纷迁徙南下，留下的鸟儿都在紧张地储备粮食，修缮房屋，做着过冬的准备。

鹌鹑的小窝已经很牢固了，鹌鹑还是不放心，这儿看看那儿瞧瞧，生怕有疏漏的地方。

"鹌鹑姐姐，我想跟你学垒窝。"寒号鸟一脸真诚地说。

"垒窝可是个细致活儿，你能坚持下去吗？"鹌鹑知道寒号鸟的品行，皱着眉头问。

"能，鹌鹑姐姐，我一定能坚持下去。"寒号鸟已仔细观察过，鹌鹑的窝建在草地上，既不用口水粘糊，又不用飞上飞下，轻松着呢。

鹌鹑见寒号鸟信誓旦旦，就说："好吧，我现在就教你做窝。做窝的第一步是要找个好的地方，这个地方既能躲避寒风，又要非常隐蔽。第二步是寻找合适的材料，比如柔软的枝条、草叶、芦花，农人丢弃的破衣烂衫等。第三步最重要，也最难做，别看我的窝做在草地上，要把它牢牢固定住可不容易。当然了，聚沙成塔，滴水穿石，只要你肯吃苦，肯努力，再大的困难都能克服。"

有鹌鹑的督促和指导，前两步咬咬牙也就过去了。可是到了第三步，对他来说比登天还要难。草地不像枝丫有地方支撑，稍不注意，就被风吹散了架。有几次，寒号鸟都快把窝做好了，还是没能经得住秋风的摧残。几次三番的失败，终于击垮了寒号鸟的意志——顺其自然吧，说不定危急的时候，上帝还会来搭救的。这么一想，寒号鸟再也学不下去了。

冬天说来就来了，西北风“呼呼”地吹着，雪粒子打得脸生疼。鸟雀们大都钻进温暖的巢穴，躲避严寒的侵袭。无家可归的寒号鸟，只得飞回去年藏身的崖洞。崖洞里光秃秃的，比去年还要冷。寒号鸟打着哆嗦哀叫道：“冻死我啦，好心的上帝啊，快点儿给我送点草来吧，快点儿给我送点草来吧。”可是直到寒号鸟冻僵了，冻死了，上帝也没出现。

世界上最大的秘密：只要你再坚持一会儿，就会成功。

发表于 2017 年 9 月 1 日《新江北报》，入选统编中小学语文教材《伴阅读》四年级下第四册

乌鸦喝水新说

一只乌鸦，为了喝到瓶子里的水，采用填充石块的方法，使得水位不断上升，从而解决了喝水问题。后来，乌鸦把这段经历写进了教科书，用以教育子孙后代。

岁月如梭，一晃，日历翻到了 2022 年。这天，鸦妈妈秉承家训，又讲起乌鸦喝水的故事。谁知，鸦宝宝一听炸了窝。

大宝说："为什么要用石块？用麦秆吸瓶子里的水，岂不是更轻松更方便？"

二宝说："想办法使瓶子倾斜下来啊，这样也可以喝到水，何必要花那么大气力？"

三宝说："来路不明的瓶装水可不能喝，万一水变质了呢？万一水里有毒有细菌呢？"

四宝说："咱们是飞行能手，很容易找到山川河流和小溪，为什么要喝瓶子里的水？"

五宝说："'乌鸦喝水'只是个偶然，您还是教教我们如何觅食、如何防备敌人、如何分辨敌我吧。"

鸦宝宝的话，如雷贯耳，深深地震撼了鸦妈妈的心。孩子们说得对，喝水的方法多种多样，不应该拘泥于过去，更不要设限于未来。再说了，"乌鸦喝水"是不是事实都难说。否则，为什么自己活了大半辈子，都没遇见过什么瓶子，更没有碰到渴了要喝瓶装水的事儿？时代造就人，这些孩子可比自己聪明多了，如不抓紧学习，势必要被他们抛下！

从此，鸦妈妈教育孩子时，再也不提"乌鸦喝水"的事儿了。

发表于 2022 年 8 月《杂文月刊》（下）

防范艺术交流会

动物界历来有“弱肉强食”一说，为了帮助弱小动物提高生存能力，山羊大伯特意召开会议，邀请青蛙、电鳗、章鱼、刺猬、黄鼠狼等防范专家，来给大家传授防范敌人的本领。

青蛙说：“我的防身术是以假乱真。当看到危险时，我就找一片和我颜色一模一样的树叶，然后静静地趴在上面，这样对方即便是火眼金睛，也别想发现我。”

章鱼说：“我的防身术是施放‘烟幕弹’。我肚子里装满了‘墨汁’，危急时刻，就把‘墨汁’喷射出去，敌人看不见我了，只好作罢。”

黄鼠狼说：“章鱼老兄，我的防身术跟你差不多，也是施放‘烟幕弹’。不过，我放的不是‘墨汁’，而是臭气。我肛门旁边有一个臭气包，危急时刻会放出一股臭气，让对手避之不及。”

刺猬说：“我身上长满了刺，遇到危险就把身体蜷成一团，将薄弱部位掩藏起来，用刺去对付敌人。这样，即使敌人再贪婪再强大，也无从下口。”

壁虎说：“我的办法是‘丢卒保车’。当危险不可避免时，就自断尾巴，用分身术迷惑敌人，保护自己。”

电鳗说：“你们的都是小儿科，我的办法是主动出击。一次，一条鲨鱼偷偷地向我靠近。我知道它存心不良，就放电去击它。只听‘噗’的一声，鲨鱼被击得晕头转向。从此，鲨鱼再不敢打我的主意了。”

磕头虫说：“电鳗大哥，我才是真正的‘小儿科’呢，我没有坚硬的外表，也没有防身的武器，遇到危险，我唯一的办法就是装死。等到没有动静时，再把身体猛地一缩，‘嘭’地来个前滚翻，然后匆匆而逃。”

山羊大伯说：“磕头虫，你也很了不起啊，你能用智慧保护自己，更值得表扬。”

停了一刻，山羊大伯又说：“今天的会议很成功，我打算出个会议记录，将你们的经验推广出去，让更多的弱小动物，学会保护自己的本领。”

入选统编中小学语文教材《伴阅读》三年级下第二册

小兔兔生病了

受了风寒，小兔兔的鼻子像被棉花塞住似的透不过气来，喉咙里痒丝丝的老要咳嗽，尤其是眼睛，又红又肿十分难受。山羊医生说：“你这是感冒引起的并发症，吃点药就会好的。”

吃了药，休息了几天，小兔兔的病果然好了。

不久，小兔兔又来求医了，还是眼睛的毛病，红红的，肿肿的，像个熟透的水蜜桃。山羊医生检查了一下，发现既不是细菌感染，又没有病毒侵害，就细细地询问缘由。小兔兔只得说出事情的经过。

原来，小兔兔跟乌龟赛跑时，因麻痹轻敌，被乌龟超越过去。小兔兔又羞又急，就把眼睛给哭坏了。

山羊医生安慰道：“别难过，谁没有犯糊涂的时候？犯糊涂不可怕，只要改正就行了。”

“嗯嗯。”听说没有病，小兔兔放心了许多。

过了几天，小兔兔又来了，脸色阴沉沉的，眼睛比红宝石还要红。

“小家伙，什么事不开心？”

“山羊医生，你给评评理，我和猫头鹰的眼睛，谁的更好看？”

“怎么回事？慢慢说。”

“森林公园不是举行‘美丽眼睛’评比吗？裁判员说猫头鹰的眼睛更有神，无论白天黑夜，只要有害虫出来捣乱，都逃不脱他的眼睛。大家一听，就把选票投给了他。”

“嗯，裁判员说得没错，猫头鹰确实是森林公园的保护神！”

“‘美丽眼睛’比的是美丽，不是视力！”

“猫头鹰的眼睛也很好看啊，圆圆的，亮亮的，一点儿都不比你的差。”

“你有没有搞错啊？我是来看病的，不是来挨训的！”

“小朋友，我知道你的毛病了，你的毛病在脑子里，一般的药物是治不了的，你只有正确地对待自己的长处和短处，并不断地加以改正和完善，才能够治好眼睛。”

“你怎么跟他们一个腔调呢？我不听，我不听，你们都在欺负我，呜呜，呜呜……”

小兔兔哭得更凶了。从那以后，兔子的眼睛就变成了红色。

发表于 2019 年 10 月 21 日《迁安电视报》，2021 年 11 月《读与写》

不能胡来

彩旗猎猎，鼓乐声声，掩映在绿树红花中的森林小学，迎来了一年一度的校园艺术节。

小熊维尼起得特别早，他们排练的诗朗诵，将在艺术节上第一个亮相。

到了学校一看，除了小牛憨憨未到，小猪佩奇、小兔菲菲、小狗汪汪、小猫咪咪、小马恢恢等全来了。大家穿着崭新的服装，戴着鲜艳的校徽，可神气啦！

“瞧，憨憨来了！”小猫咪咪突然叫起来。

小熊维尼扭头一看，火气立刻冒了出来：“憨憨，老师规定男生穿白衬衫蓝裤子，你怎么不听话？”

“这能怪我吗？我爸在你爸那儿打了几个月的工，一分钱工资都没拿到。”憨憨眼睛一挤，泪水就滚了出来。

“这，这……”小熊维尼的脸，一下子红到耳朵根。

活动一结束，维尼就找来好朋友恢恢和汪汪商量对策。

汪汪挠了挠头说：“我想到了一个好办法，让憨憨的爸爸假装跳楼，然后告诉报社和电视台的记者，再把消息通报给森林小区的家家户户，请他们一起给憨憨爸爸助阵，你们说好不好？”

“不行，憨憨爸爸的脾气我知道，别说几个月的工资，就是把他打死了也不会哄骗人。”小马恢恢说。

“维尼，你们家的红木家具一定值不少钱，不如把那套家具拉出去卖了。”汪汪眼皮一眨又想出了一个主意。

“不行，家具那么重咱们怎么搬得动？”小马恢恢说。

“那我们就去法院起诉他，让法官先生主持公道。”汪汪挥舞着拳头说。

“这个办法好是好，但是打官司得有一段时间，憨憨家连饭都吃不饱了，等得及吗？”恢恢还是不赞成。

“这也不行，那也不行，你倒是想一个主意啊！”

“你们别争了，我已经想到了一个主意。”小熊维尼说。

“什么主意？”恢恢和汪汪齐声问。

“绑架。”

“绑架！”

“是啊，你们冒充绑匪绑架我，然后悄悄地送封信给我爸爸，叫他按照信上规定的时间、地点和数额，拿钱来赎我。”

“这样行吗？”恢恢和汪汪不放心地问。

“行，又不是真的绑架，咱这是帮助弱小，主持正义！”小熊维尼自信满满地说。

正当他们准备实施时，小熊维尼和小马恢恢的爸爸一同跨进家门。

“哇，好热闹啊，维尼，同学来了也不接待？”爸爸边说边张罗着要拿水果和点心。

维尼头一扭：“恢恢、汪汪，咱们走！”

“去哪儿？”恢恢爸爸一把拉住儿子问道。恢恢挣扎了几次没挣脱，只得一五一十地说出了他们的计划。

“嗨，你们冤枉维尼爸爸了，憨憨爸爸的工资已拿到手了。”恢恢爸爸连忙说。

“真的？”三个小家伙齐声问。

“这还有假？维尼爸爸为了发放工资，把自己的‘大奔’都卖啦，瞧，这把车钥匙就是维尼爸爸的。”恢恢爸爸一边说着，一边摇了摇手上的钥匙。

“爸爸，没有车子你怎么去上班啊？”维尼拉了拉爸爸的衣襟关心地问。

“没关系，家里不是还有自行车吗？对了，你们准备去干吗？”

“他们啊，准备当绑匪吓唬你呢，小鬼头，亏你们想得出来！”

恢恢爸爸点了点儿子的额头说：“帮助别人是好事，但不能胡来，更不能干违法犯罪的事儿，知道吗？”

“知道了。”小家伙们全都低下了头。

发表于2019年7月6日《大丰日报》

猴子理财

猴爸爸为检测儿子们有无经济头脑，每人给了一块金币。

猴大拿到金币后心想，这是父亲的血汗钱，一定要牢牢守住，于是找了个墙洞藏起来，不管多忙每天都要检查一下，看金币是否安然无恙。

见大哥把钱藏进墙洞，猴二很是不屑："真傻，把钱存进银行多好，又保险又有利息，何乐而不为？"于是办了个定期储蓄。

猴三拿到金币后没有藏起来，也没有存银行，而是上网查询，买了个收益最高的理财产品。

猴四用金币买下了一座山头，又以山头到银行抵押贷款，购来了数千株桃树苗，精心栽植，百般呵护，把桃园打理得生机勃勃、漂漂亮亮。

三年后，猴爸爸把儿子们叫到跟前，询问金币使用的情况。

猴大拿出金币，喜滋滋地放到父亲手上："爸，这枚金币就是您给的，现在完璧归赵，请您查验。"

猴爸爸笑道："儿子，你还是老样子，一点儿没变！老二，你呢？"

猴二拿出一个存折，喜气洋洋地说："爸爸，我把金币存进银行，三年下来，已小小地赚了一笔！"

猴爸爸接过存折轻声念道："1.42 个金币，哈，好小子，你果然比老大聪明。"

"切，看我的！"猴三点开手机屏幕，满面春风地说，"爸，我通过购买理财产品，已经达到这个数额啦！"

"哇，5 个金币！小三子，你比你二哥还厉害，爸给你点个赞！老四啊，如果没猜错，你一定有更大的惊喜。”

“爸，请你们跟我走。”

来到一座山坡前，猴四指着漫山遍野的桃树说：“爸，你给我的金币，在这儿呢。”

“哇，好大一片桃林，太棒了，孩子，这才是我最想看到的境况啊！”

发表于2019年8月23日《新江北报》，获“阿波罗杯”闪小说大赛优胜奖

老鼠和老虎

老鼠名列前茅的地位，使得他成为众矢之的。

老虎除了觊觎老鼠的地位外，还有个烦恼的事儿，那就是他也姓“老”！

这天，老虎正在树底下乘凉，老鼠扛着一粒大豆过来了。老虎脸色一冷大声喝道：“站住！”

老鼠受到惊吓撒腿就跑。可是脚还没跨出去，就被老虎的脚指头死死按住。

老虎气呼呼地问：“你没我一个脚指头大，凭什么姓‘老’？”

老鼠哆哆嗦嗦地说：“我哪里知道呢？不过我除了‘老鼠’外，还有‘耗子’‘子神’‘社君’等名字。大王，您如果不喜欢我叫‘老鼠’，就叫我‘子神’或‘社君’吧。”

“你也配叫子神和社君？”老虎更生气了，爪子稍一用力，老鼠就疼得直叫唤。

老鹰看见了，忙过来询问缘由。

老虎说：“你给评评理，你是百鸟之王，所以叫‘老鹰’。我是百兽之王，所以叫‘老虎’。可这家伙啥也不是，凭什么也姓‘老’？”

“这……”老鹰挠起了头。

老虎说：“姓‘老’的应该虎背熊腰、虎头虎脑，这家伙却贼眉鼠眼、尖嘴猴腮。”

“嗯，他的样子是不好看。”

老虎说：“姓‘老’的应该虎虎生威、虎视眈眈，这家伙却胆小如鼠、抱头鼠窜！”

“嗯，他胆子是小了点儿。”

老虎说：“姓‘老’的应该凭本事吃饭，这家伙却干着偷吃扒拿的勾当。”

“嗯，他确实品行不端。”

老虎说：“姓‘老’的应该是国家保护动物。这家伙却是过街之鼠，人人喊打！”

“嗯，他是不招待见。”

“尤为可气的是，十二生肖中，他居然排在我前面！”

“也是啊，为什么人们对他既爱又恨呢？让我来想一想。”老鹰眼珠子转了两圈，突然指着地上的大豆说：“我知道了，他居安思危，有忧患意识。”

“那是他没本事，哪里像我们，想干什么就干什么。”老虎气恨恨地说。

“是啊大王，您是干大事的，怎么能跟我比呢？充其量我就是个无名鼠辈。”老鼠见老虎的爪子松了些，忙不迭地恭维起来。

“嘿嘿，算你知趣。”老虎一乐，放走了老鼠。

此后，老虎还像过去那样，饿了就出去吃顿大餐，饱了就睡睡懒觉晒晒太阳。老鼠也一如既往，这里扒扒那里看看，恨不能把所有能吃的东西都扛回家。

不知不觉间，寒冷的冬天来了，北风“呼呼”地刮着，雪花把大地染得洁白。老虎饿得受不了了，只得出来寻找食物。可是小动物都躲到洞穴里了，气味也被雪掩盖得严严实实的。老虎忙碌了大半天，仍然两手空空。老鼠却躺在自己的安乐窝里，守着几年都吃不完的粮食，过着神仙般的日子。

发表于 2020 年第 1 期《童话寓言》

迎牛年茶话会

城门失火，殃及池鱼。一场疫情，让人类饱受疾病之苦，也严重影响了动物的生存。尤其是那些依赖喂养的家伙们，因得不到及时的补给，竟干起乞讨的勾当，有的甚至入室抢劫，给动物界造成很坏的影响。为了重塑形象，使即将来临的牛年有个良好的开端，虎大王在迎新茶话会上，就这个问题请大家献计献策。

“大王，要想挽回名声，形象大使很重要。病毒为什么会在鼠年横行霸道？就是因为大家图省事，让老鼠当形象大使。老鼠不仅偷吃粮食、破坏建筑，还传染疾病，以他为榜样，岂不是把万事万物往坏处带？”虎大王的开场白刚说完，白头翁就迫不及待地开了口。

“对，我们一定要吸取教训，选一个德才兼备的人当形象大使。”小蓝狗连忙说。

“我有人选了，牛任劳任怨，是农民伯伯的好朋友，明年又是牛年，让牛当形象大使再合适不过。”小白兔立刻举手发言。

“牛温顺、忠诚、守信用，很多文人墨客，都对他大加赞赏。”

“牛吃的是草，挤出来的是奶，不图回报，不计得失，是我们学习的好榜样。”

“人们称有本事的人为‘牛人’，称运气好为‘牛气冲天’，称勤劳肯干的人为‘老黄牛’，可见，牛在人们心目中，地位是多么的高。”

树懒、狗獾、山羊伯伯等，纷纷竖起大拇指。

“哼，你们只知其一不知其二，知道人们怎么形容丑恶吗？‘牛头马面'‘牛鬼蛇神'！”大灰狼鼻子一嗤，阴阳怪气地说。

“牛表面上老老实实，其实一肚子坏水。如若不是，为什么人们要用‘犟牛’形容固执己见的人？用‘牛脾气’形容性格暴躁？”花狐狸连忙附和。

“书本里时常出现‘对牛弹琴’‘对牛鼓簧’‘吹牛皮’‘牛嚼牡丹’等词语，这足以说明牛脑子笨、爱说大话、不懂礼貌。”大马猴推了推眼镜，摆出一副学者的样子。

“牛不讲卫生，随地大小便，喜欢在泥水里打滚，你们要远离他哦，否则会染上疯牛病和牛皮癣的。”牛蚊子“嗡嗡嗡”地叫道。

“我也提个意见。”蜗牛和天牛异口同声地说：“我们都是牛，都是食草动物。可是人们却骂我们是害虫，要把我们赶尽杀绝，而对水牛、黄牛和牦牛，却宝贝得不得了，天下哪有这个理？”

“你们也配称‘牛’？”小白兔气愤地说。

“为什么不能？”

“牛能干活儿，你们呢？”

“牛的职责就是干活儿，没什么了不起。牛虽然取得了一些成绩，但毛病也很多。”

“牛是有点毛病，但他的贡献却比毛病大得多，为什么你们只看见牛的不足，看不到牛的奉献呢？”

顿时，会场上乱成了一锅粥。

“打住，今天的话题是辞旧迎新话发展，不是斗嘴皮子。”虎大王做了个安静的手势，“既然你们对牛存有异议，不如请牛做个自我介绍。老牛，老牛，老牛呢？”

“牛伯伯肯定犁地去了，我去叫他。”小白兔主动请缨。

肥沃的黑土地上，牛果然拉着犁铧，挥汗如雨地耕耘着。小白兔着急地说：“牛伯伯，你怎么跑这里来了？大家在选形象大使呢。”

“你们选吧，我还有几亩地没耕完呢。”

“可是，狐狸他们在说你坏话呢。”

“是啊，牛伯伯，虎大王想请你做个自我介绍，迟了形象大使就没您的份儿啦。”紧跟其后的布谷鸟也劝道。

“那哪儿成？时节不等人啊。”牛甩了甩汗珠子说,“成绩是干出来的，不是说出来的，误了春耕生产，会出大事的！”

发表于 2021 年 1 月《杂文月刊》(上)

金点子征集活动

“迎虎年金点子征集活动”，于除夕 8 时在森林公园大礼堂隆重举行。

担任主持的花狐狸手持麦克风，在主席台上大声宣布：“女士们，先生们，虎年即将来临，为了把工作做得好上加好，虎大王决定广开言路，征集治理山寨的金点子，希望大家畅所欲言，以认真负责的态度，向虎大王进言献策。”

“总结部署会不是刚开过吗？怎么又开会了？”

“哼，这肯定是花狐狸出的鬼点子。”

“我年夜饭还没准备呢，真是急死人！”

“虎大王也真是，就爱听花狐狸瞎叨叨。”

一时间，会场上议论纷纷，摇头的、叹息的比比皆是。看到这阵势，花狐狸越发高兴，大嘴巴一咧又提出新要求：“女士们，先生们，今天是年三十，为了活跃气氛、愉悦心情，我建议提金点子的时候，最好带上含有‘虎’字的成语，只有这样，咱们所提的金点子才更生动、更形象、更具有文学性和欣赏性。”

“这、这……”大家本来就没有思想准备，难度一提高，更加头疼。

见大家默不作声，花狐狸指着机灵猴说：“喂，你不是很聪明吗？怎么不开口？”

“你……”机灵猴刚想反击，发现虎大王正看着自己，立马改了口，“虎大王，如果你能倾听民声、采纳民意，工作就一定能如虎添翼。”

“喂，什么如果不如果？你难道怀疑虎大王的诚意？”花狐狸眉毛一挑发出质疑。

“虎大王，咱们山寨能人多，新鲜事物也多。如果大家有什么好的创意，你一定要扶持哦，千万不能虎视眈眈。”乖乖兔见花狐狸吹毛求疵，连忙岔开话题。

“什么虎视眈眈？难道虎大王会窃取你的成果？”花狐狸眼珠子一瞪大声训斥。

“我也有个建议。”见乖乖兔遭冤屈，佩佩猪站了出来，“大王，希望你用好手中的权力，秉公执法、匡扶正义，对那些心怀不轨的人，千万不能心慈手软，更不能为虎作伥。”

“呀呀呀，佩佩猪，虎大王是多么公正包容啊，你怎么能说他为虎作伥呢？真是的！”花狐狸又找到了新的攻击对象。

“花狐狸，你为什么要曲解大家的意思？再这样下去，谁还敢说真话？”

“好好好，喜羊羊，你仗义执言，你牛！我把话语权交给你，你给虎大王提个金点子。”花狐狸神秘一笑。

“提就提！”喜羊羊深深地吸了一口气，“大王，咱们做事情一定要精益求精，决不能马马虎虎；咱们做事情一定要有始有终，决不能虎头蛇尾；咱们做事情一定要实事求是，决不能拉大旗作虎皮；咱们做事情一定要……”

“停停停，越说越不像话了，你哪里是提金点子？分明是污蔑咱们的伟大领袖啊！”花狐狸顿足捶胸，如丧考妣。

“花狐狸，既然咱们这也不对那也不行，不如你做个样子我们看看。”小马宝莉建议道。

“对，你做个样子咱们看看。”大家全都赞同。

“好，你们都给我仔细听着！”花狐狸清了清嗓子，整了整衣襟，抑扬顿挫地说了起来，“我们要像虎大王那样大气包容，众虎同心；我们要像虎大王那样朝气蓬勃，生龙活虎；我们要像虎大王那样虎背熊腰，体格健壮；我们要像虎大王那样龙行虎步，气宇轩昂；我们要像虎大王那样龙腾虎跃，威震八方；我们要像虎大王那样龙争虎斗，寸土不让；我们要像虎大王那样……”

“喂，你讲完了没有？”见花狐狸越说越离谱，虎大王再也忍不住了。

“大王，我对您的敬佩之情，三天三夜也讲不完啊！”

“那就去禁闭室慢慢讲吧，讲完了再出来。”

“大王，这……”

“你不是喜欢玩花招吗？我就让你玩个够。老实说，你鼓动我搞金点子征集活动时，我就已看出你的意图。我没有当场揭穿，是想看看你怎么表演，同时也想得到些真知灼见。忠言逆耳利于行，良药苦口利于病。大伙儿的意见虽然不太好听，却能让人醍醐灌顶。而你的所谓金点子，只会让人迷失心智！”

发表于2022年1月《杂文月刊》(上)

虫草妈妈和虫草娃

“冬虫，快起床，动物大会就要开啦！”

正在酣睡的虫草娃，被毛毛虫的吼叫吵醒了。

“等等我，等等我！”听说有会议参加，虫草娃立刻从泥土里拔出身子。

“别跑啊，你还没长好呢。”妈妈急得大叫。

“没关系，开完会我就回来。”虫草娃身子一弓跑得更快。

“喂，你来干什么？”

一到会场，虫草娃就被把守大门的屎壳郎给拦住了。

“我是来开会的。”

“拜托，这儿开的是动物大会！”

“我也是动物啊，我叫冬虫。”

“哈哈，你明明是夏草，还敢自称冬虫，笑死人了。”

“可是，可是……”虫草娃还想分辩，屎壳郎把他往旁边一拨：“走吧走吧，别在这儿胡闹。”

“你欺侮人，呜呜。”虫草娃脚一跺哭了。

“夏草，谁欺负你啦？”蒲公英见状亲切地问。

“屎壳郎，他说我是草！”

“你确实是草啊，不信你摸摸，头上是不是有个小芽苞？”

“芽苞，嗯，好像有，可是姐姐，我太想参加会议了，怎么办啊？”

“植物园也在开会呢，你可以参加植物大会啊。”

“好啊！姐姐，咱们一起去。”

“你自己去吧，我还要播种呢。”言罢，蒲公英撑开小伞，袅袅婷婷地飞走了。

到了会场门口，虫草娃又被拦住。

“小白杨哥哥，我是来开会的，放我进去啊。”

“我们开的是植物大会，你跑来干什么？”

“我也是植物啊，我叫夏草。”

“笑话，你有头有尾还有脚，怎么会是草？”

“我确实是草啊，不信你看……”

“看什么啊？你就是条虫子嘛，快走快走！”小白杨长臂一挥。

“呜呜，你们欺负人！”虫草娃嘴巴一咧“哇哇”大哭。

“孩子，怎么啦？”听到儿子的哭声，妈妈连忙问道。

“妈妈，我想参加会议，可是屎壳郎和小白杨都不让，他们一个说我不是动物，一个说我不是植物。”

“孩子，咱们确实不是普通意义上的动物和植物。”

“那咱们是什么？”

“真菌。”

“真菌？”

“是啊，咱身上的真菌丝，通过各种方式感染蝙蝠蛾的幼虫，然后进入幼虫体内，以虫体为营养进行繁殖发育。由于真菌丝充满了虫体腹腔，使得幼虫失去生命，但它的外表却没有变化，所以我们看起来就像虫子。到了夏天，菌丝体从头上生出芽苞，这个时候我们就成了夏草。”

“哇，真神奇！”

“神奇的东西可多啦，孩子，你要认真学习，用知识武装自己的头脑。”

“知道了。可是妈妈，我还是想当植物或是动物。”

“为什么？”

“这样我就可以参加大会啦。”

“参加会议对你就这么重要？”

“当然啦，大家在一起说说笑笑的多热闹，哪儿像我们，哪儿哪儿都搭不上，哪儿哪儿都不能去！”

“孩子，咱们无法选择自己的出生，但是可以决定自己的人生。咱们虽然不能像树那样高大魁梧，像花那样美丽芬芳，也不具备动物能飞能跑的本领，但咱们也有自己的特长啊。咱们不仅可以补肾益肺、止血化痰，还可以增强人体的免疫力呢！”

“那咱们为什么还在这儿？”

“因为咱们还没有长好啊，咱们寄生的蝙蝠蛾，需要经过 60 天左右的虫卵期，两年左右的幼虫期，50 天左右的蛹期，还有 3～12 天的成虫期，也就是说，咱们需要 2～3 年的生长期，才能成为优质的补品和药材。”

“啊，还要等两年？”

“孩子，一切光环的背后，都隐藏着无尽的寂寞和艰辛。听说过嘉宝果吗？栽植 10 年后才能挂果。因为生长周期长，果肉特别鲜嫩。还有人参，品质好的要长五六年呢。咱们要想成为虫草中的上上品，就必须像人参和嘉宝果那样耐得住寂寞，吃得了艰辛。”

“妈妈，我懂了。”

虫草娃终于安下心来，同妈妈一起扎根泥土，为打造最美的自己积极努力。两年后，虫草娃作为名优产品，登上了国家级展厅。

发表于 2021 年 10 月 16 日《大丰日报》

老鼠嫁女

鼠小妹到了出嫁的年纪，找个什么样的姑爷好呢？一家人展开了热烈的讨论。

鼠爷爷说：“自然要找身强力壮的啦，有了好的身体，才能运回更多的粮食，‘民以食为天’嘛。”

鼠奶奶说：“光有好的身体还不够，还要有个聪明的脑袋，咱们的敌人太多，脑袋瓜不灵活可不行。”

鼠妈妈说：“对，咱们最大的敌人是猫，如果能和猫结为亲家，岂不是更好？”

“好什么呀？你难道没听过‘老鼠嫁女’的故事？一只老鼠，为了给女儿找个有权有势的姑爷，居然将女儿送进猫的嘴中！”鼠爸爸痛心疾首地说。

“爸，这都是老皇历啦，现在的猫，大多成了人类的宠物，整日养尊处优的，哪里还看得上咱？”鼠小妹细声细语地说。

“妹妹，我倒有个合适的人选，不知你意下如何？”鼠小哥开口了。

“谁啊？”

“狗！”

“狗？”

“是啊，狗最爱管闲事了，前几天他还追逐过我呢？妹妹如果把他给哄好了，我们岂不就平安无事了？”

“我看行。”鼠爷爷抚摸着胡须说，“现在的狗，过得比神仙还快活，吃上了狗粮，住上了狗屋，讲究的人家，还给狗买衣服和玩具呢。”

“对，就嫁给狗吧。”大家齐声说。

“才不呢，狗再好哪有人好？”

“你想嫁给人？”鼠小哥吃惊地问。

“有何不可？你没看这家主人，连蛇和蜈蚣都当宠物养着，就在昨天，居然把含有剧毒的蝙蝠领进了门，我要是打扮一下，还不把他给迷死？！”

“对对，你要是征服了这家人的心，我们就再也不用东躲西藏了！”鼠小哥拍手笑道。

不久，鼠小妹果然如愿以偿，成为这家人的新宠。

发表于 2020 年 12 月 26 日《大丰日报》

老鼠告状

太古时期，有个叫“年”的怪兽，专门捕食人和动物。后来人们发现，年只在除夕出来，且害怕红色和响声，便在除夕这天贴春联、放鞭炮，吓得年不敢靠近。

年拿人没辙，就把目标转向森林、原野等动物居住的地方。上帝见年滥杀无辜，遂以鼠、牛等十二种动物为生肖，轮流负责动物界的安保工作。当值的生肖兽，会得到上帝赋予的神奇魔力，用以抗击年的暴行。

俗话说：养兵千日，用兵一时。生肖兽，一年也就辛苦一天，理应尽力才是。老鼠却不，一进入腊月，就哭哭啼啼地找到牛，说自己真倒霉，碰到个瘟疫横行的年份，为避免新冠病毒的传播，不知吃了多少苦，遭了多少罪，上帝给予的魔力早就用完了，哀求牛除夕那天，共同对付十恶不赦的年。牛见他可怜巴巴的样子，立刻答应了。

为了战胜年，牛早早准备了颜料、钢刀和铜铃。除夕一早，牛就把身上涂得红红的，角上绑着锐利的钢刀，尾巴上系着一大串铜铃，可谓万事俱备，只欠东风。然而约定的时间到了，鼠却迟迟不见踪影，没办法，牛只得独自上阵。牛一边“哞哞”大叫，一边摇着铜铃。愤怒的吼叫、激越的铃声、闪亮的钢刀、鲜艳的大红，把年吓了一跳。可是年实在太饿了，加之牛孤身一人，怎肯错过这来之不易的美味？

渐渐地，牛有点体力不支。但牛没有退却，退却了大伙儿岂不遭殃？就猛地一蹬后腿，将绑着钢刀的双角，直刺年的胸膛。年闪身躲过，张开满嘴钢牙，伸出锐利的爪子，专拣牛的眼、鼻、肚腹等脆弱的地方攻击。两人从早打到晚，从南打到北，直打得天昏地暗、飞沙走石。打斗的声音，惊动了闭目养神的上帝。上帝气得“嗷嗷”大叫：“好你个老鼠，竟敢如此偷懒！”立刻伸手一抓，将老鼠的魔力移到牛的身上。牛顿时力大无穷，很快就把年赶跑了。

见牛伤痕累累，老鼠担心他检举揭发，就来个恶人先告状，说牛为了争抢功劳，竟敢违反天条，将本该属于自己的魔力抢了去，害得自己差点儿被年吃掉。老虎眉头一皱：“真的吗？那你为什么完好无损，牛却遍体鳞伤？”

老鼠忙说：“大王，牛如果不把我的魔力抢去，即便有三头六臂也打不过年啊。我向您反映情况，是害怕牛秉性难改，等到您老人家值班时，不肯乖乖地移交权力。”

“不会吧？老牛不是这样的人。”老虎嘴里否定着，笔头却拐了个弯，将“安保英雄”的荣誉写到老鼠名下。

发表于 2021 年 2 月 6 日《大丰日报》

动物界的一次民主活动

掌管动物世界的虎大王突然心血来潮，想在自己的辖区内来个民主选举，于是将组织部部长熊请了过来。

经过一番密谋策划，他俩决定要像人类选举那样，一要充实新鲜血液，二要实行差额选举，并确定森林二村为试点单位。

接到要在自己的地盘上进行民主选举的通知后，森林二村的领导们全都犯起了嘀咕。狐狸贝贝曾骗取过乌鸦嘴里的肥肉，担心被其公报私仇；公鹿菲菲欺男霸女妻妾成群，担心选举期间后院起火；青蛇孬孬将温暖自己的农夫一口咬伤，担心大家老账新算；寒号鸟玲玲好吃懒做无所建树，担心大伙落井下石；就连口碑较好的唐老鸭刮刮，也因为说得多做得少而担心淘汰出局。于是一时间班子成员人人自危、个个忧患，不约而同地打起了“差额”的主意。

班子会上，唐老鸭刮刮先是冠冕堂皇地做了一番动员，然后要求大家开动脑筋积极举贤。经过紧张思考，公鹿菲菲推举老黄牛。大家权衡再三觉得不妥。因为老黄牛虽然年逾古稀，不属提拔任用对象，但他勤勤恳恳几十年，在群众中享有很高的威信，万一群众不受条条框框束缚怎么办？于是心照不宣地投了反对票。青蛇孬孬提议小蜜蜂。大家沉思片刻觉得还是欠佳。小蜜蜂虽然是个外来户，还没有办理落户手续，但他辛勤酿蜜造福人类，不仅人类喜欢，动物们也十分赞赏，让他当差额，仍然会对原套班子构成威胁。寒号鸟推荐了大熊猫，这个建议也未被采纳。因为大熊猫虽说性格孤傲高高在上，但他毕竟是国宝，让他参选，即使别的动物统统落马，他也不会被否决。后来大家又想到了臭虫、苍蝇、跳蚤和白蚁，都因这样那样的原因没通过。最后还是狐狸贝贝聪明绝顶，提出让黑老鼠担当。黑老鼠误食了拌有鼠药的米饭团，正在进行垂死挣扎，因此狐狸贝贝的话一出口，便得到大家的赞同。

“差额”定好后，大家都轻松地吐了口气。谁知名单报上去，却遭到虎大王的严厉谴责。说他们为了一己私利，居然将人人喊打、行将就木的黑老鼠推举上来，岂有此理、无法无天！盛怒之下，将森林二村的班子成员削职为民，另行选举。

越是不能放下的，越容易失去；越想牢牢抓住的，消失得越快。

发表于 2011 年 6 月 5 日《常州日报》

猴大猴二

猴妈妈有一片桃树林，每年的收获，足以养活一家人。

这年春天，桃树刚刚挂果，猴妈妈突患重病，遗嘱都没来得及写，就急匆匆地离开人世。

料理完妈妈的丧事，两个儿子动起了桃林的心思。

猴大说："国有大臣，家有长子。我是老大，桃园理应由我继承。"

猴二说："哪有哥哥跟弟弟争夺家产的？父母在世时一直对我疼爱有加，你应该向父母学习，让一让我这个弟弟。"

"凭什么让你？"

"凭什么不让？"

兄弟俩各执一词，互不相让。山羊伯伯提醒猴大："该给桃树施肥了，否则会影响果子的生长发育的。"

猴大眼皮子一翻："不施不施，桃林是谁的还不知道呢？"

喜鹊大婶警告猴二："你家果园发生了虫灾，还不赶快治虫去！"

猴二脑袋瓜一摇："不治不治，果园若被老大抢去，岂不是白忙活？"

"那怎么办呢？总不能眼睁睁地看着桃园荒芜吧？"喜鹊大婶着急地说。

两兄弟想想也对，就一同来到狐狸家，想请老狐狸评评理。

老狐狸听了眼珠子一转："哎呀，这个真不好办，清官难断家务事，我得好好动动脑子，这样吧，五天后你们来听主意。"

回到家，猴大觉得不对劲儿，老狐狸的神情，分明是想要好处呢，于是连忙买酒买菜，将老狐狸请来大吃一顿。

打着饱嗝，老狐狸信誓旦旦地说："放心吧，这事包你满意。"

猴大的宴席还在进行中，猴二已得到信息。第二天一早，猴二就把老狐狸请到酒店，美酒美食美人一应俱全，老狐狸高兴得手舞足蹈："放心放心，你的事包在我身上。"

猴大听说猴二也请了客，且档次比自己高得多，急得抓耳挠腮、暴跳如雷。这一抓，抓到了脖子上的金项圈。项圈是父亲送给猴大的生日礼物，金贵着呢。然而舍不得孩子套不到狼，为了得到桃树林，猴大豁出去了。

得知猴大献出了金项圈，猴二鼻子一嗤：哼，金项圈算个啥，我这玉麒麟，比它值钱多了！玉麒麟是母亲送给猴二的结婚礼物，母亲再三叮嘱，一定要代代相传。然而贪婪的猴二，把母亲的话忘得一干二净。

第五天很快就到了。可是当猴大兴冲冲地来到狐狸家，却发现老狐狸正在把玩玉麒麟。糟糕，这不是母亲的心爱之物吗？好哇，既然你不仁，就别怪哥哥不义了。猴大立刻返回家，翻出所有的金银财宝，屁颠屁颠地给老狐狸送去。

见哥哥毫无退让之意，猴二做得更绝，不仅掏出了所有钞票，连房产证也一并奉上。

搜刮完猴大猴二的全部资产，老狐狸终于想到个好主意：桃林一分为二，由兄弟俩共同继承。可是这个时候，桃子已被害虫啃食一空。没了生活来源的猴大猴二，只得捧起讨饭碗。

发表于 2022 年 7 月《杂文月刊》(上)

猫咪的好奇心

小猫咪爱动脑子，遇事总要问几个为什么。比如老鼠的嘴为什么是尖的？牛尾巴的功能是什么？马为什么站着睡觉？天为什么会下雨？鸟为什么会飞？由于好奇心强，小猫咪懂得的东西要比同龄人多得多，大家夸他是小神童。

一天，猫咪听说老虎的咬合力高达550公斤，可以轻松咬碎任何骨头，就想到老虎嘴里看个究竟。小狗一听吓坏了："千万别去，就在刚才，我亲眼看到老虎捕食了一只狐狸，那场景真是太惨烈了，你去找他不是白白送死吗？"

"狐狸欺骗过老虎，被吃理所当然。我跟老虎无冤无仇的，他不会为难我。"

言罢，猫咪非常自信地来到老虎家里。

听了小猫咪的请求，老虎感到很诧异。不过老虎没有为难他，一来老虎的肚子饱饱的，没有食欲；二来猫咪的研究课题跟自己有关，按道理应该支持；三来老虎也有好奇心，也想弄明白为什么自己天下无敌，于是毫不犹豫地张开嘴巴。小猫咪"嗨"的一声跳进老虎嘴中，东敲敲西摸摸，还到喉咙口看了看。

口腔里多了个毛茸茸的东西，老虎感觉很不舒服，就打了个大大的喷嚏。毫无防备的小猫咪，被一股气流冲到十几米远的一块巨石上，磕掉了两颗门牙，摔折了两根肋骨，昏迷了两天两夜才苏醒过来。

经历这件事，小猫咪终于明白，好奇心一定要有度，否则有危险。

发表于2021年6月15日《新江北报》

帮倒忙

小猩猩心肠好，爱帮助人。

一天，小猩猩看到兔妈妈在拔草，心想，那么大的蘑菇园，一个人要干多久才能干完啊？于是跳进地里，一边哼着歌子，一边帮兔妈妈干活儿。

听到歌声，兔妈妈抬头一看，“哇，真是个好孩子！”

兔妈妈倒了一杯水，想给小猩猩解解渴，天气这么热，可别中暑啊！谁知跑过来一看，急得大喊大叫：“小猩猩，你怎么把蘑菇也拔了？”

“兔妈妈，好看的蘑菇我都留着呢！”

“孩子，你搞错啦，好看的蘑菇大多有毒，而那些长相一般的蘑菇才能吃啊。”

“啊？拔错了？对不起啊！”小猩猩难为情地挠挠头。

回家路上，小猩猩见猴哥挑着一担桃子，高高兴兴地去街上卖，心想，猴哥又要摘桃子又要卖桃子，多辛苦啊，应该帮帮他才是，于是爬上桃树，飞快地摘起桃子。

“小猩猩，别捣乱，快下来！”

“猴哥，我在帮你摘桃子啊！”

“桃子成熟了才能摘啊，你看你，把生桃子也摘下来了，生桃子又苦又涩的，谁要？”

“唉，我又做错事了！”小猩猩羞得满脸通红。

“哈哈，鱼又上钩啦！”猫咪的欢呼声，将小猩猩吸引过去。

小猩猩跑到河边一看，猫咪已取下钓钩上的鱼，轻轻地放入水里。

哈哈，原来猫咪钓鱼不是为了吃啊，我知道怎么做了！小猩猩提起猫咪身边的木桶，“哗啦”一声将鱼倒入水中。

“鱼，鱼，我的鱼啊！”猫咪急得直跺脚。

“怎么啦？你刚才不是把鱼也放了吗？”

“那是小鱼，应该再长一些日子才行。你不分青红皂白，把鱼全都倒了，我今天吃什么呢？”

“对不起，都怪我。”见猫咪急不可耐的样子，小猩猩不知道怎么办才好。

帮忙是好事，但如果帮忙不得法，就好比抱着柴火去救火——帮倒忙！

发表于 2022 年 7 月 8 日《新江北报》

猩爸教子

抚摸着光秃秃的头颅，猩爸笑出了声。在自己的运作下，猩宝如愿进入森林王国动物管理处，工资高，晋级的机会也很多，如果再严格按照自己的要求去做，一定会前途无量！

正愉快地畅想着，猩宝的电话来了：“爸，试用期考核结果出来了。”

“嗯，你一定名列前茅！”

“名列前茅？爸，您真会抬举。”

“那你名列第几？”

“名落孙山！”

“嘿嘿，跟爸还幽默。”

“哪里是幽默啊，爸，人事部已通知我卷铺盖走人了。”

“此话当真？”

“爸，这种事我能开玩笑？”

“为什么落榜？是不是没按照我的要求去做？”

“按照了。一上班我就注意察言观色，说领导爱听的话，做领导喜欢的事，想方设法跟领导套近乎。可领导却说我动机不纯，没把精力放到工作上。”

“不会吧，好话谁不喜欢听？”猩爸简直不敢相信自己的耳朵。

“还有呢，我遵照你‘多栽花少栽刺’的处事哲学，不管遇到什么事，都一味地和稀泥、讲好话，甚至看到不良的行为也不敢指出来，结果领导说我没有原则、是非不分。”

“怎么会这样？难道时代变了，过去的一套不中用了？”猩爸百思不得其解。

“我遵照你‘工作要做到明处，成绩要让人知道’的办事技巧，默默无闻的事从不沾手，出头露面的事抢着去做，出了问题能推则推，取得成绩到处张扬，结果领导说我好大喜功。”

“这个也不行？”猩爸简直要怀疑人生了。

“我听从你‘遇事不要急于表态，要环顾左右而言他’的谆谆教导，碰到需要选择或表态的事，总是先看看领导什么态度，大多数动物什么态度，然后再人云亦云、结果领导说我没有主见；我牢记你‘不论什么事都不能超越领导，超越领导会让领导难堪，但也不能落后于一般同事，落后同事会被看成胸无大志’的特别忠告，做什么事都疑虑重重再三掂量，结果不是判断失误，就是贻误工作；我遵循你……”

“好啦好啦，我知道原因了，一定是你没有把握好尺度！”猩爸打断猩宝的话烦躁地说，“也怪我没讲清楚，哪些地方要做得不卑不亢自然大方，哪些地方要做得不露声色不留痕迹，哪些地方要注意把握分寸留有余地。唉，都怪我，怪我考虑不周啊！”猩爸痛心疾首、顿足捶胸。

发表于 2021 年 8 月《杂文月刊》(上)

末位淘汰

为进一步优化领导班子配置，提升领导班子的凝聚力和战斗力，虎大王决定开展一次批评教育活动，要求班子成员自备一个意见箱，接受群众的批评和监督。

接到指令，大家不敢怠慢，精心设计精心制作，不几天，形形色色的意见箱就挂了出来。

大灰狼在意见箱的上方安了个电子眼，下面的情形一目了然。

猴子将意见箱挂在门前的旗杆上，其高度，长颈鹿都够不到。

大象将意见箱安置在河中央的小岛上，不会游泳的动物，只能望洋兴叹。

狐狸的意见箱是块橡木板，上面的投递口、开关箱子的门和锁，都是画上去的。

黑熊把意见箱挂在自己的脖子上，一遇见动物就大声喊道："喂，你对我有意见吗？有意见请投意见箱！"

老黄牛的意见箱挂在其住宅的屋檐下，为方便矮小的动物投放材料，老黄牛还在意见箱的下面砌了好几级台阶。

活动结束，虎大王让大家把意见箱集中起来，当面拆封和统计。统计的结果，只有老黄牛收到了两条意见：一条批评他犁地时不小心，踩坏了两棵玉米；一条批评他不爱卫生，经常在泥水塘里洗澡。按照优胜劣汰的原则，领导班子调整时，老黄牛淘汰出局，其余的继续留任。

发表于 2021 年 9 月《杂文月刊》(上)

小点点找朋友

小点点和刀哥哥是好朋友，他们切的菜，常常受到表扬。

不过，小点点不太安分，总想出去玩玩，多交几个好朋友。

这天，小点点趁刀哥哥在休息，悄悄地溜了出来。

一出门，小点点就遇到了汉字“一”。

“一哥哥，咱们做朋友吧。”小点点迎上去说，“你一个朋友都没有，多孤单啊。”

“唉，你要是竖、横、撇、竖钩、竖弯钩、折弯钩就好了，这样咱们就可以组成十、二、厂、丁、七，或者乙了，可惜你是个小点点啊！”一叹了口气说。

“也是啊，仓颉老师怎么没把咱俩造成一个字呢？”小点点遗憾地摇摇头。

“小点点，你可知道？你也是个字呢。”一说。

“啊，我也是字？”

“是啊，你读 zhǔ，古代跟‘主’一个意思，同时也是古人读书时断句的符号。”

“啊，太好啦，我也是一个字呢！”

小点点高兴得跳起来。可是一会儿小点点又说：“一哥哥，我还是想找个朋友，人多才热闹。”

“好，祝你心想事成！”

走啊走啊，小点点遇到了“大”。

“大哥哥，大哥哥，咱们做朋友吧。”小点点一跃，跳上了大的左肩。

“干什么？干什么？”大皱起了眉。

“我想和你组合成一个字啊。”

“哪有这样的汉字？”

“哟，对不起，我搞错了方向。”小点点脸色一红，爬上了大的右肩。

“下去，赶快下去，我右肩上如果有个点，岂不变成狗了？”大非常生气，右肩猛地一抖，将小点点抖落下来。

“哎哟，对不起，怪我考虑不周。”小点点连忙道歉。

走啊走啊，小点点遇到了“王”。小点点想，如果我往王的腰间一钻，不就成了价值连城的“玉”？

王却说：“‘王’三横一竖，上下平稳，左右对称，如果腰间多个点，就不平衡啦！”

“那我到你的头上去，当个主人也挺好的。”小点点立刻说。

王还是不答应：“不，王多荣耀，可以当王者、做王牌，还可以成为船王、拳王、蛙王、舞王，甚至是大王、国王等。总之，我就是喜欢‘王’！”

“既然你这么喜爱‘王’，那咱们确实没缘分。”

走啊走啊，小点点遇到了“冶”。小点点想，若同冶做朋友，不就成为治理国家的‘治’了？于是不由分说，站到了冶的左边。

“不行，咱俩暂时还不能在一起。”冶说。

“为什么啊？”小点点不解地问。

“这里是‘冶金部’，我已被赋予特定的含义，不可以随便改动。”

“是这样啊。”小点点连忙退了出来。

走啊走啊，小点点遇到了“烧”。

咦，我记得烧字的右上角好像有一点的，怎么不见了呢？嗯，肯定是不小心搞丢了。想到这里，小点点“嗨”的一声，飞上了烧的右肩。

“干啥？你想干啥？”烧惊慌地叫道。

“你少了个点，我来帮你补上。”小点点笑嘻嘻地说。

“我的右肩本来就没有点，你加上一点，就是个错字啦！”烧急得直跺脚。

“啊？错啦？”

“错啦，不仅烧的右肩上没有点，尧、绕、饶、娆、桡、荛等字的右肩也没有点。”

“你学问真高。”小点点不好意思地低下了头。

“小点点，比我学问高的多了去了，我只认识两千来个常用字，汉字有十万多个呢，咱们要好好学习哦。”

“嗯，好好学习。”

“小点点，你从哪儿来的？”

“我原来是跟刀在一起的。”

“那你还不赶快回去，少了你，刀就没有刃了！”

“糟了，主人还等着我们切菜呢，烧大哥，再见！”

小点点立刻转过身子，奋力朝家奔去。

发表于 2022 年 4 月《优秀童话世界》

狗嘴里吐不出象牙

“咚咚”，“咚咚”。

小老虎一上任，就有人击鼓喊冤了。

“进，快请进。”小老虎很高兴，这可是自己处理的第一个案子呢，一定要公平公正。

“报告大王，他欺负我，说我‘狗嘴里吐不出象牙’。”哈巴狗指着小绵羊说。

“你有没有讲过这句话？”小老虎问小绵羊。

“讲过。”

“荒唐！除了大象，谁的嘴里能吐出象牙来？打，自己打自己 10 个嘴巴！”

“呜呜……”小绵羊边哭边举起了手。

“大王，您真是我们的好大王，有您掌管山寨，太幸福了！”哈巴狗倒头便拜。

“不必客气，为民办事，乃本王职责。”小老虎哈哈笑道。

第二天一上班，小老虎门前的鼓又敲响了。

“进，快请进。”小老虎立刻升堂。

“报告大王，他说我‘狗嘴里吐不出象牙’。”腊肠狗指着小白兔说。

“他说的是真的吗？”小老虎问小白兔。

“是。”小白兔回答得很爽快。

“承认就好，这样吧，打自己 10 个嘴巴。”

“可是大王，我，我……”小白兔连忙分辩。

“我什么我？本王看你个子小，舍不得重重惩罚，既然你不识相，那就打 20 个嘴巴！”

“大王，我的好大王，你真是明镜高悬啊，有您给俺做主，再没人敢欺负俺啦！”腊肠狗连连作揖。

“不客气，为民做主，乃本王职责。”小老虎哈哈笑道。

第三天又有人告状了，这次是癞皮狗。癞皮狗指着大黑猪说：“大王，他说我‘狗嘴里吐不出象牙’。”

“他说的是真的吗？”小老虎问大黑猪。

“是真的。”

“你为什么要说他？”

“是他先说我的，我才，才……”大黑猪一着急，说话更结巴了。

“他说你‘狗嘴里吐不出象牙’？”

“没有。”

“那还狡辩什么？小的们，板子伺候！”

“冤枉啊，冤枉啊！”大黑猪嚎叫起来。

“大王，大黑猪居然咆哮公堂，胆子也太大了！”癞皮狗挑唆道。

“哼，蔑视本王，打，再打 20 大板！”

“大王，我的好大王，您就是包公再世，有您坐镇指挥，咱山寨想不发达都难啊！”“噼啪噼啪”的杖责声中，癞皮狗笑靥如花、手舞足蹈。

此后，斑点狗、贵宾狗、狐狸狗等，也因相同的问题跑来起诉，被起诉的马、牛、驴等，无一例外均受重罚。接二连三的惩罚中，“狗嘴里吐不出象牙”的说法，终于销声匿迹。小老虎成就感爆棚，特地约请媒体大肆宣传。谁知，反馈过来的信息很不好，许多人都批评小老虎太糊涂，是非不分、黑白颠倒。小老虎不服气，当即微服私访。

在哈巴狗居住的村庄，小老虎拦住了正在砍柴的熊大伯：“熊大伯，小绵羊侮辱哈巴狗的事情你知道吗？”小老虎虔诚地问道。

“嘿，错啦错啦，哈巴狗的品行你难道不知？喜欢挑拨是非，喜欢欺负弱小，还喜欢恶人先告状，否则，大伙儿为何说他‘狗嘴里吐不出象牙’？”

“啊，是这样啊？”小老虎半信半疑。

路过腊肠狗的宅子，腊肠狗正在屋里大放厥词：“这个傻瓜，哪里配当大王？明明是我挑衅在先，小白兔气愤不过才回的嘴，可是他竟然查都不查就信了。哈哈，小白兔本来就是三瓣嘴，这下变成四五瓣喽，好玩，真好玩！”

“可恶，太可恶！”小老虎顿觉无地自容。

“喂，你们知道吗，我是小老虎的表舅哎，表舅找外甥打官司，还不是妥妥地胜诉！”癞皮狗的大嗓门，从市民广场的人群中清楚地传来。

“无耻，太无耻！”小老虎气极了，恨不能把癞皮狗撕个粉碎。

回到家，小老虎立刻上网百度。这一查，傻眼了。原来，“狗嘴里吐不出象牙”是个成语，比喻坏人嘴里说不出好话来。纵观狗子们的所作所为，不正是这句话的最好诠释吗？看来，要想当好大王，除了有一颗公仆心外，还必须加强学习。想到这里，小老虎决定重新审理狗案件，该平反的平反，该打击的打击。

公审大会一结束，小老虎就被大家团团围住，赞美的话儿如长江水滔滔不绝。尤其是被诬陷的马牛羊们，更是热泪盈眶、感恩戴德。

经历这件事，小老虎懂得，遇事要多问几个为什么，不能偏听偏信，更不能先入为主。

发表于 2021 年 12 月《杂文月刊》(上)

写作培训

为了激发孩子热爱家乡、赞美家乡、建设家乡的热情，森林公园决定举办一次小学生作文大赛，题目就叫“我爱我的家园”。得到消息，熊大熊二都帮孩子报了名，并进行了紧锣密鼓的训练。

熊大把孩子喊到跟前，将作文竞赛的有关要求讲了一遍，规定孩子每天必须完成一篇习作，且字数不得少于 800 字，写得好物质奖励，写不好取消娱乐活动。孩子刚上三年级，还没有真正接触作文，认识的字又很有限，哪里写得出 800 字的作文？于是那一个月，父亲的责骂和孩子的哭泣，就成了熊大家的主旋律。

熊二的孩子也读三年级，认识的字也很有限。熊二知道，以孩子现有的能力，参加作文大赛确实有难度，必须采取行之有效的办法，帮助孩子树立信心，提高写作能力，才有可能取得好的成绩。于是熊二根据孩子的实际情况，制订了一个训练计划：第一周造句练习，第二周看图说话，第三周观察思考，第四周写作训练。每一阶段的培训和辅导，也采取循序渐进的方法。比如造句练习，熊二先出了“美丽”和“家园”两个词，要求孩子运用在一句话中。以后每天都会增加一个词，让孩子进行连词造句。到了周末，孩子已经能够将 7 个词语巧妙地运用在一段话中了。

再比如“观察思考”这一环节，熊二每天都会抽出一定的时间，同孩子一起亲近大自然、了解大自然。从周一到周日，他们依次观看了花卉、树木、河流、山坡、飞禽、走兽、建筑等，并要求孩子将观察到的情况和心得记录下来。

有了造句练习和看图说话的基础，再加上七篇观察日记，进入写作训练时，熊二几乎没怎么辅导，孩子就动笔了。当然，第一篇文稿结构比较混乱，叙述也颠三倒四的。熊二当即进行了点评，并提出了修改意见。经过一个星期的反复练习，孩子的写作能力有了长足的进步。现场作文竞赛那天，孩子一拿到稿纸就“沙沙沙”地写个不停。经过激烈竞争，孩子脱颖而出，取得了第二名的好成绩。

颁奖大会上，主持人还请熊二介绍了经验。熊二的主要经验：要根据孩子的认知能力进行教育，千万不能操之过急。

发表于 2021 年 12 月 29 日《教师报》

后 记

世界上有很多事情是难以解释的，譬如这本集子，如若不是那个表白，肯定出不来。

那是2020年年初，我的长篇小说《梦碎金谷园》刚刚出版，便接到“书香南京晚七点”栏目组邀请，让我去做访谈嘉宾，与读者分享创作体会。访谈结束前，主持人问我今后有什么创作打算，我张口就说：“我想给孩子们写点东西，因为我曾经是位教师，教师的职责一刻不敢忘记。”

话一说完，我愣住了，在这之前，我还真没有考虑过以后的创作计划，即便有也是小说或小小说。难道真的是骨子里对教育和孩子的那份爱？还是刹那间冒出的一个念头？好吧，既然已表了态，就要好好践行，写得好坏是能力问题，言而无信就有点那个了，呵呵。

写什么好呢？我的脑子里，突然想起跟随刘占龙老师撰写“语文素养核心读本”一事。在那个书系里，从一年级到九年级，几乎每一册都有童话故事和寓言栏目。我尝试着写了几篇，居然都通过了，好开心。有了这十几则寓言和童话的创作基础，自然而然地，我把目标锁定在寓言创作上。

为了尽快入行，我加入了“寓言文学”“中国童书”“中寓会聊天室”“中国儿童文学选本”等儿童文学群。不管多忙，每天我都会到群里逛逛，读读老师们贴出来的寓言新作，看看有没有儿童创作方面的信息。有了一定的积累后，我拿起了笔。

常听人说“文人相轻”。然而自从我爱上文学创作以来，无论是在小小说作者圈子，还是在寓言文学群里，遇到的编辑和文友，没一个不是谦逊的、热心的、坦诚的。每当我遇到困难或者疑问，只要向他们请教，哪怕是没怎么联系过的，都会给予帮助。这期间，我先后获得了王位主编、凡夫主席、王述成老师、孙光礼老师和王宏理老师等几位大家的精美的寓言集。老师们的神来之笔对开拓我的创作思路，提升我的写作能力，起到了巨大的示范性作用。

水激石则鸣，人激志则宏。两年多的探索和实践，我的作业本上增添了不少新成员。前几天，我将这些“新成员”归拢了一下，发现已近 11 万字！于是我将它们请了出来，按照各自的特征分门别类，组合成一本集子。

在写这篇文字时，我的心情是愉悦的、感激的。假若没有《伴阅读》刘占龙老师、《杂文月刊》赵永兵老师、《东方少年》张星竹老师、《优秀童话世界》王位老师、《歌风台》宋传恩老师、《营山文学》王大煜老师、《宿豫文艺》王善余老师、《教师报》蔡蔡老师、《新江北报》满震主席、《大丰日报》王忠美主任，以及王述成老师、王宏理老师、桂剑雄老师、黄学之老师、王军老师、卢莎莎老师、容达子老师、星晴老师、石飞老师等诸位编辑的肯定和扶持，我的进步一定很慢很慢，甚至还有可能半途而废。我更要感谢文学博士朱寿铜、湖北省作协原副主席凡夫、中国寓言文学研究会秘书长余途、全国多项寓言童话大赛评委会主任桂剑雄、闪小说专业委员会主任程思良等专家和学者，忙里偷闲帮我写序和推荐语，使得我的这本“丑小鸭”鲜亮了许多。要感谢的人太多太多，虽然没有一一列出，却珍藏在我的心里，成为我创作的动力。

路漫漫其修远兮，吾将上下而求索。学习是无止境的，写作也是无止境的。我会以《老鼠告状》为起点，在寓言文学这块精美的园地里抛洒汗水、钟爱一生！

卢　群

壬寅春月于金陵